I0635404

Oj.
66

# COMTE PAUL VASILI

# LA

# SOCIÉTÉ DE MADRID

ÉDITION AUGMENTÉE DE LETTRES INÉDITES

CINQUIÈME ÉDITION

## PARIS

## NOUVELLE REVUE

23, BOULEVARD POISSONNIÈRE, 23

1886

# LA

# SOCIÉTÉ DE MADRID

PARIS

TYPOGRAPHIE GEORGES CHAMEROT

19, rue des Saints-Pères, 19

COMTE PAUL VASILI

# LA

# SOCIÉTÉ DE MADRID

ÉDITION AUGMENTÉE DE LETTRES INÉDITES

CINQUIÈME ÉDITION

## PARIS

NOUVELLE REVUE

23, BOULEVARD POISSONNIÈRE, 23

1886

*La publication de la* Société de Madrid *était commencée dans la* Nouvelle Revue, *et par conséquent le volume terminé, au moment de la mort du roi Alphonse XII.*

*Cette mort a naturellement changé la situation des partis, puisque M. Canovas a quitté le pouvoir est que M. Sagasta est devenu président du conseil. Mais un jugement sur un homme politique n'est pas complet si, en l'observant au pouvoir* et vice versâ, *on n'a pas démontré ce qu'il serait dans l'opposition.*

*L'observateur étant resté le même, il nous a semblé inutile de lui demander des modifications* au volume après la mort du Roi. *Les modifications eussent nui à l'unité des portraits et des appréciations du comte Vasili. Pour le lecteur qui se tient au courant des faits de la politique, — et celui-là seul s'intéresse à des livres tels que la* Société de Madrid, *— il sera curieux de voir quelles sont les différences de langage des hommes qui tour à tour gouvernent ou cessent de gouverner.*

# LA

# SOCIÉTÉ DE MADRID

## INTRODUCTION

Vous allez, mon jeune ami, quitter le Nord, ses
brumes, ses rêves alourdis, ses hivers sans fin,
pour vivre au pays de lumière; soyez heureux! A
votre âge, le soleil est d'or, le ciel est d'azur, les
yeux des femmes sont des points d'interrogation,
et... vous avez des yeux pour y répondre.

Madrid vous fera oublier les cours de Berlin,
de Vienne et de Londres; non pas que sa cour ne
soit solennelle à l'occasion et n'ait ses coutumes
vieillies, qui inspirent plus de curiosité que de

respect; mais vous allez dans une ville, la plus
hospitalière qu'il y ait, où vous serez, après un
mois de séjour, l'ami de tout le monde.

Cette laide capitale, chère à Philippe II, ne
vous rappellera en rien le souvenir du roi inqui-
siteur. Tout y est gai, même la misère; vous y
trouverez des don Quichotte, des Sancho Pança,
des César de Bazan par centaines. La société de
Madrid, inconsciemment peut-être, est démocratique; elle est franche et sincère, on n'y trouve
ni raideur ni pose; la morgue castillane n'est que
l'enveloppe d'une suffisance bon enfant, qui ne
blesse pas, qui ne choque pas, qui vous deviendra
familière, et dans laquelle vous vous draperez à
votre retour, à votre insu, car elle colle au corps
des Madrilènes comme les plis de cet élégant
manteau couleur muraille, de cette *capa* que vous
voudrez porter et dont vous ne saurez jamais faire
usage, n'étant pas *gato,* c'est-à-dire n'étant pas
né dans la très noble, très royale, très héroïque
cité du 2 mai.

Madrid est une ville fort intelligente, mais in-

fluencée plus qu'aucune autre par la dévotion.
Sur les points où le catholicisme obscurcit son
esprit, elle est en arrière d'un siècle. Indifférente
à ses devoirs politiques, victime par cela des
intrigues et des ambitions des partis, son esprit
n'est pas assez libre pour être clairvoyant. Vous
apercevrez bien vite que l'immoralité de toutes les
grandes capitales est doublée, à Madrid, d'une
forte dose d'hypocrisie, résultat logique de son
éducation cléricale.

Bien petits défauts, quand on songe à tout ce
qu'on rencontre d'élan, d'affection au moindre
appel, de cœur à la plus petite émotion, d'enthousiasme au premier choc d'une noble passion.
Le peuple espagnol est un peuple chez lequel on
aime pour aimer, où l'on se bat pour se battre,
où le culte de la Patrie domine toutes les joies de
l'existence, où la félicité suprême est de donner
sa vie pour une idée et pour l'Espagne.

Nation admirable que la nation espagnole, et
cependant à plaindre! car elle est constamment
exploitée à droite et à gauche, au nom de la liberté

ou au nom de la monarchie, par le prêtre ou par le général, par les bulles ou par les *pronuncia-mientos*.

Étudiez bien ce fier et ardent pays, où naissent la plupart des grandes complications européennes. Indifférent à la politique, il est sans cesse agité par la politique; repoussant le progrès, il est sans cesse travaillé par le progrès; éloigné par sa configuration du grand courant européen, il va pour ainsi dire à sa rencontre. Pénétrée par l'esprit révolutionnaire, c'est l'Espagne peut-être qui décidera dans la grande bataille à livrer entre le Nord et les races latines.

L'Espagne traverse une de ces crises dont l'issue fixe le sort d'un peuple; vous assisterez, je n'en doute pas, à des événements prochains qui peuvent pour longtemps la perdre ou la sauver. Mais voilà mon pédantisme qui me prend, et si vous étiez Madrilène, vous m'auriez déjà crié : *Gare!*

Une recommandation avant de passer les Pyrénées, qui existent toujours malgré la célèbre phrase de Louis XIV : tâchez d'être aussi Espagnol que possible; aimez *Lagartijo* comme vous-même, le *Valdepeñas* plus que votre prochain, et apprenez par cœur cette boutade du terroir : *Despues de Dios la olla, y lo demas es bambolla.* (Après Dieu, le pot-au-feu, et le reste est de la blague.) Mangez du *puchero*, buvez du *vino tinto* et prenez un abonnement à une *barrera* à la plaza de Toros. Cela fait, tâchez d'estropier le moins possible la langue de Cervantès, et vous serez choyé, chéri, adoré par une société facile, qui est indiscutablement la plus souple, la plus câline, la plus courtoise et point la plus bête de l'Europe.

Oubliez que vous êtes gentilhomme, devenez hidalgo; serrez la main de vos fournisseurs, ne donnez rien, mais offrez tout ce que vous possédez à tout le monde.

Fumez partout, chez vous, chez les autres, au théâtre. Comme vous ne pouvez être dévot, ne soyez point libre penseur. Respectez le Saint-Sacrement et mettez un genou en terre quand vous rencontrerez dans la rue le prêtre porteur de la sainte hostie.

Si vous suivez mes conseils, si vous êtes aimable, spirituel, sincère, ami sûr d'amis auxquels vous aurez serré la main une fois, si vous ne faites pas état de votre carrière diplomatique, pour laquelle on n'a nul respect en Espagne, si Madrid vous plaît, que vous le disiez, que vous le prouviez par votre belle humeur, vous serez, entre tous nos collègues accrédités près Sa Majesté Catholique, le plus recherché, le plus populaire dans la société madrilène.

# PREMIÈRE LETTRE

## LE ROI

Le Roi aurait pu inventer la poudre, il a assez d'esprit pour cela; l'ayant trouvée inventée, il s'est intéressé à la manière dont on l'emploie. Il a la passion de la guerre. Alphonse XII se fait traduire tout ce qui paraît en Europe touchant l'art militaire; il a dans ses cartons un *mémoire* sur l'organisation de l'armée, mémoire qui, dit-on, ferait honneur au plus instruit des généraux européens. C'est dans cet amour des armées que je trouverai le motif de mon plus sincère reproche contre le roi d'Espagne. Son admiration pour

l'armée allemande n'a pas de bornes; dans ses
rêves ambitieux il a certainement songé que le
plus grand bonheur possible serait de commander
au feu une division allemande, et son titre de
colonel de uhlans, l'idée de porter le costume
d'un corps prussien, lui ont été à coup sûr un
grand plaisir, non, comme on l'a cru, par haine de
la France, car Alphonse XII aime la Francè, et il
a pour Berlin, comme ville, en la comparant à
Paris, le dédain qu'il a pour un régiment français
en le comparant à un régiment prussien; il aurait
autant de plaisir à entendre dire de lui en France :
C'est un boulevardier, qu'il en aurait à entendre
dire en Allemagne : C'est un *echter Soldat*.

Le roi connaît par cœur l'annuaire de l'Espagne : état-major, colonels, officiers des régi-
ments de la Péninsule, il pourrait les citer, je
crois, tous par leurs noms.

Quand il eut le bon esprit d'appeler à ses conseils la gauche dynastique et qu'il confia au
général Lopez Dominguez le portefeuille de la
guerre, ce fut avec un intérêt passionné qu'Al-

phonse XII interrogea ce novateur, ce moderne, cet homme unique, si instruit, si sensé, que j'ai toujours comparé au général Chanzy, tant la hauteur des deux caractères avait de points communs. Le Roi ne se lassait pas de ces conversations, desquelles il y avait toujours pour lui un profit d'expérience ou une clarté nouvelle à tirer.

Alphonse XII, en outre de ce goût si ardent pour l'art militaire, est adroit à tous les sports. Il est chasseur intrépide et infatigable. Élégant et hardi à cheval, il tire bien et pointe avec justesse. Au tir aux pigeons situé dans *la Casa de Campo* il parie avec ardeur. Pratique avant tout, le jeune souverain voit dans chaque distraction ce qui peut lui être utile, développer son adresse. Il s'applique au billard pour pouvoir donner la revanche à son heureux adversaire le duc de Ahumada, qui, d'après ce qu'on affirme à Madrid, se fait quinze mille livres de rente comme professeur du Roi, en le battant au noble jeu trois fois par semaine.

Le Roi est un causeur charmant; mais, de même

que le prince de Galles, le mouvement de son esprit est tel qu'il n'a pas le temps d'apprendre à écouter. Cependant, lorsque son interlocuteur émet une idée nouvelle, il la happe pour ainsi dire au passage, l'habille à sa guise, la revêt d'une enveloppe personnelle, originale, et la fait sienne. C'est d'ailleurs un droit royal de prélever un impôt sur l'esprit de ses sujets.

Quoiqu'il soit bien le fils de sa mère, l'aspect de sa personne rappelle très peu l'ampleur de la reine Isabelle. Il est petit, presque chétif; aussi, malgré les miracles de Poole, a-t-il plutôt l'air d'un homme élégant et raffiné que d'un roi puissant. Il a les yeux de sa mère, mais point le regard. Il fixe bien franchement les gens, mais, de même qu'il ne les écoute pas, il ne les pénètre pas.

Très correct dans l'accomplissement de ses devoirs de famille, il n'oublie jamais un anniversaire. Le 4 octobre, il se rappelle qu'Isabelle II a un mari; le 19 novembre, il envoie des vœux à sa mère; quand l'anniversaire de la Reine, sa femme, approche, il a toujours pour sa chère *Crista* un bijou de commandé. Alphonse XII n'est pas prodigue. Il est économe par calcul. Il a vu de trop près la misère dorée au palais Basilewski ; il n'oublie pas la vente à l'hôtel Drouot des diamants de sa mère ; il sait ce que valent les courtisans du malheur ; il se rappelle qu'à un moment de grande gêne, la reine Isabelle obtint d'un comte belge, et non des Espagnols de son entourage, 80,000 francs qui lui étaient indispensables. Le Roi, ayant ces souvenirs présents à la mémoire, épargne autant qu'il peut, et l'on prétend qu'il envoie chaque mois un demi-million de réaux en Angleterre. Les oppositions accusent le Roi d'avarice ; il est surtout le fils d'une mère prodigue : certain écrivain espagnol était « timide de travail » ; lui est « dépensier timide ».

Alphonse XII est bien le roi moderne, qui se croit détenteur du trône (tout comme un premier secrétaire qui se dit chargé d'affaires) par intérim. C'est lui qui devait prononcer cette phrase désormais historique : « L'idéal d'un homme est d'être roi détrôné habitant Paris, avec de l'argent. »

Voilà qui prouve combien peu le Roi s'illusionne
sur la durée de son règne, et comme quoi il ne se
croit pas invulnérable de par la puissance et la
vertu de son sceptre.

Le descendant de Charles-Quint est, quant au
fond, l'incarnation de la fameuse définition du roi
constitutionnel de M. Thiers : « Il règne et ne gouverne pas. » On ne lui connaît guère de passion
politique. Il se laisse baiser la main par ses courtisans, comme au bon vieux temps de la monarchie
absolue ; il baise lui-même l'anneau de Messei-
gneurs les évêques ; il étale avec *amor* ses préro-
gatives *régaliennes* quand il cause avec ses féaux
vassaux ; et quand il reçoit MM. Martos, Montero-
Rios et les autres démocrates ralliés à la dynastie,
il se pose en champion des idées modernes, se
moquant agréablement des vieilles théories, des
préjugés surannés des fidèles du trône et de l'autel. La vérité vraie, c'est qu'en homme d'esprit et
de savoir qu'il est, Alphonse XII, témoin des fai-
blesses, des bassesses des uns et des autres pour
conquérir le pouvoir, trouve que tous les moyens

connus jusqu'à présent pour gouverner les peuples sont détestables. « Ah! disait-il un jour, si le budget était assez riche, assez élastique pour que tous les Espagnols y fussent inscrits, c'est alors qu'on pourrait mettre sur la façade du palais des Cortès la fameuse affiche : « Maison à louer. » Toutes les nuances des groupes s'effaceraient dans l'encre dont on se servirait pour signer à la fin du mois le compte de solde. »

Le Roi a le rare mérite, dans le pays des *habladores*, de céder peu à l'entraînement de ceux qui ont beaucoup à promettre.

La mémoire de Sa Majesté est prodigieuse; il sait les noms, prénoms, alliances et généalogies de tous les citoyens marquants de son royaume. Il apprend par cœur tout ce qu'il lit, il retient tout ce qu'il entend. Dans les petites soirées qui ont lieu très souvent au palais, dans le salon appelé « le salon chinois », avant de jouer au billard, le Roi récite par cœur Calderon, Lope de Vega, des chapitres de Balmes, des discours de Castelar, des *dolorus* de Campoamor et des odes d'un de ses anciens officiers d'ordonnance, l'officier de marine Aguirre.

Le don des langues étrangères, le roi Alphonse l'a au suprême degré. C'est d'ailleurs un don princier. Comme les princes Luis et Fernando de Portugal, comme l'empereur Alexandre, comme le prince de Galles, comme le roi Humbert, comme Léopold II, Alphonse XII, quand il parcourt le cercle diplomatique, peut adresser la parole à chaque chef de mission dans sa langue natale. Il n'y a que le turc et le russe que Sa Majesté ne possède pas suffisamment bien pour les parler en public.

Si Alphonse XII n'était pas né sur le trône, et s'il avait travaillé en vue de se faire par la parole une situation, il serait devenu un orateur de mérite. Il parle bien; son débit est peut-être un peu monotone, mais il sait composer un discours. Les périodes, quoique longues, ne manquent pas d'ampleur; s'il les gonfle parfois de phrases trop romantiques, il les arrondit à merveille; ses coups portent, et il émaille la phraséologie officielle, presque toujours banale, d'idées personnelles et sensées.

Le Roi, quand il n'est pas égaré par son admiration pour le militarisme allemand, sait, ma foi, être très habile. Depuis son avènement au trône de Castille, il n'a pas manqué une occasion de provoquer la sympathie d'un peuple impressionnable et facile à séduire si l'on y met de l'adresse. Sans l'exil de M. Ruiz Zorrilla, décrété à tort aussitôt la Restauration faite, peut-être Alphonse XII n'aurait-il pas eu de conspiration à redouter, car le jeune monarque, rentré après dix ans de guerre civile, après tant de fautes commises par les républicains qu'il n'y en avait plus une à commettre, possédait bien des avantages. Sa connaissance de la vie moderne, ses façons d'être bienveillantes, son esprit, sa rondeur, son goût pour les amusements espagnols, assuraient sa popularité. Supprimer la morgue ancienne, rechercher l'amitié et les services des révolutionnaires gênés, donner la main à ses sujets, ne tutoyer personne, démocratiser un peu l'étiquette

de sa cour, sortir seul à pied ou à cheval, laisser
applaudir au théâtre en sa présence, saluer et
lorgner de sa loge, être le premier aux courses de
taureaux, faire des discours, s'affoler de vers, se
lever de bonne heure, donner audience à tout le
monde, — c'était plus qu'il n'en fallait pour être
adoré à Madrid. Les lamentations des courtisans,
qui voyaient la monarchie perdue parce qu'elle
renonçait à la plupart de ses coutumes surannées,
ajoutèrent encore à l'admiration du grand nombre. On racontait des anecdotes comme celle-ci :
Alphonse XII, causant avec un ministre et parlant du roi Amédée, l'appela en riant, avec sa belle
humeur habituelle : « un confrère dégommé ».
Sans deux ou trois millions de républicains irré-
conciliables et trois cent mille carlistes, toujours
l'arme au bras, Sa Majesté pourrait gouverner en
paix à l'abri de tout souci personnel dans le plus
sombre des palais. Depuis qu'il a conscience de son
impopularité, il a déclaré maintes fois qu'il ne se
laisserait pas détrôner comme sa mère ou comme le
roi Amédée, et qu'il ne quitterait pas Madrid vivant.

Le roi est courageux, actif, résolu, très ferme, très énergique. Sauf ses adversaires, et encore! il a, au premier moment, conquis tout le monde, car nul peuple plus que l'Espagnol n'aime et ne respecte la force de caractère.

On accuse Sa Majesté d'être un don Juan ; tous les rois aimables ont eu cette réputation. Les femmes, éprises de la couronne, poursuivent Alphonse XII à la promenade, au théâtre, l'assaillent de leurs déclarations et le compromettent souvent par de fausses apparences. Plus d'une, pour faire croire qu'elle est « la belle du Roi », le dirait volontiers.

Le premier mariage du Roi fut un mariage d'amour. Rien n'était plus touchant que le récit de cette passion, qui rappelait Roméo et Juliette s'aimant à travers les haines de famille. La reine Isabelle déteste son beau-frère le duc de Montpensier et s'opposa toujours au mariage de Mercédès d'Orléans avec don Alphonse : « Cette branche cadette est terrible, disait-elle ; Mercédès, qui est charmante, est capable, se voyant reine, de conspi-

rer contre son mari pour mettre son frère Antonio
à la place. »

L'effet de ce mariage d'inclination fut immense
chez un peuple où l'amour prime tout. La mort de
la reine Mercédès, qui a été un deuil pour l'Espagne, plongea le Roi dans une douleur profonde.
« Combien de fois ai-je vu le Roi pleurer! » disait
le marquis de *** dans l'antichambre royale.

Son amour brisé, le Roi songea à se marier en
souverain : le malheur qui l'avait accablé le trans-
forma ; son caractère s'affermit et l'adolescent
devint un homme.

Ses ennemis eux-mêmes reconnaissent des qualités à Alphonse XII. La plus remarquable est une
force de volonté qu'il applique parfois mal à propos, comme pour son voyage en Allemagne, désap-
prouvé par tous les partis et source de ses déboires
actuels. Sauf ce fatal voyage, on n'aurait eu rien à
lui reprocher comme monarque constitutionnel, et
l'on ne saurait le rendre responsable des difficultés
qui naissent à chaque moment sous ses pas, dans
un pays à moitié carliste et à moitié républicain.

Ses qualités et les divisions des révolutionnaires lui ont été très utiles, car, jusqu'aux derniers événements, le nombre de ses partisans n'avait fait que croître. D'anciens démocrates fort influents gravissent aujourd'hui les marches du palais royal et baisent la main de la Reine ; des carlistes endurcis ont reconnu l'état de choses actuel ; et la masse, quoique républicaine, a mis beaucoup de bonne volonté à subir le souverain. Je ne veux pas vous prédire ce qui se passera de l'autre côté des Pyrénées ; mais je tenais à vous avertir de cette situation personnelle d'Alphonse XII, bien supérieure à celle des ministres conservateurs.

La vie du Roi est partagée entre le sport et les affaires publiques, desquelles il s'occupe plus qu'on ne le pense. Son cercle intime de généraux lui est très attaché, à cause de son goût pour les choses militaires et parce qu'il protège l'armée contre son gouvernement. On lui a prêté l'ambition de faire de l'Espagne un petit empire, et l'on a même lancé à ce propos un ballon d'essai qui a crevé en l'air.

Dans l'affaire des Carolines, qui est devenue le point de départ de son impopularité, on a trouvé qu'il avait été par trop dédaigneux des avis de son ministère et qu'il avait agi avec trop de personnalisme. A l'intérieur, il est implacable envers ses ennemis, et son absence de pitié pour les militaires soulevés lui a fait le plus grand tort. Il est conservateur, même quand il a des ministres libéraux, et son attachement pour M. Canovas, le plus impopulaire des hommes politiques d'Espagne, n'est un mystère pour personne.

Matinal, il a, comme Charles IV, la passion de la chasse. Ses résidences royales du *Pardo,* d'*Aranjuez,* de *la Granja,* de *la Casa de Campo* sont des rendez-vous charmants pour les « grands » et les « grandes » qui l'entourent et avec lesquels il est très familier.

Sa Majesté a vingt-sept ans ; chasser, conduire, renverser de petits taureaux à Algete, propriété du duc de Sexto, monter à cheval, aller aux courses, lui paraissent toujours des amusements nouveaux. La musique ne lui dit rien ; il confessait

à un ami que, depuis six ans qu'il était roi, il com-
mençait à peine à reconnaître la première mesure
de l'hymne royal. Vous ai-je dit qu'Alphonse XII
adorait la poésie? Spirituel comme sa mère, ses
bons mots se répètent; sans la maladie qui le
dompte parfois, il trouverait, malgré des complications nouvelles, le rôle de roi intéressant et facile
à jouer.

Son peuple, en quelques jours, s'est complètement détaché de lui. Vous vous en apercevrez bien
vite dans un pays où le danger est une excitation
au courage. Si la révolution se fait, Alphonse XII
en exil ne perdra pas toutes les royautés : il em-
portera celles du charme et de l'esprit.

# DEUXIÈME LETTRE

## LA REINE

Quand on ne peut pas dire d'une femme qu'elle est jolie, on dit qu'elle est distinguée : doña Cristina est la distinction en personne. Elle n'a pas ce que l'on appelle à Paris du *chic*, mais un très grand air, celui d'une archiduchesse, d'une princesse médiatisée du Gotha. Quoique peu de gens soient admis dans son intimité, on la croit excellente; l'un des très rares reproches qu'on lui fasse est un peu d'indiscrétion.

Il faut en convenir, la Reine est restée étrangère et n'a pas plu. Ses qualités ne sont pas celles

qu'il faut à Madrid. Elle n'est pas communi-
cative, dans un pays où toutes les natures sont
expansives, où du 1ᵉʳ janvier au 31 décembre le
soleil appelle l'Espagne entière à la vie du dehors ;
doña Cristina se renferme là où il faudrait s'abandonner à toutes les expansions. Les grands seigneurs espagnols ne lui pardonnent pas sa réserve,
et cependant ils l'admireraient si elle était majes-
tueuse, imposante, si elle semblait faite pour
occuper le trône le plus élevé du monde, celui
d'Isabelle la Catholique : mais Christine de Lorraine
est trop de son temps pour satisfaire les fidèles
d'un passé disparu.

La reine d'Espagne ne se mêle en aucune façon
de politique ; aussi ne lui reproche-t-on rien sous
ce rapport. Elle est mère parfaite, épouse tendre
et dévouée ; elle est simple, douce, instruite, dési-
reuse de se faire des amis ; mais sa gravité naturelle l'éloigne des intimes du Roi et sa sévérité,
qui se choque aisément du caractère espagnol trop
sans façon, trop ouvert et trop gai, arrête l'élan de
ceux qui pourraient aller à elle.

Au commencement de son mariage, elle eut à supporter un grand ennui, qui lui fut très sensible : la Reine avait amené avec elle son médecin viennois, le docteur Riedel; mais au moment de ses premières couches, la Faculté de Madrid réclama ses droits à la mise au jour du futur infant. La souveraine ne voulait pas d'autre médecin que le sien; de là une série de réclamations et un étalage d'arguments contradictoires. Les médecins de la maison royale ne cédèrent pas la place; le gouvernement dut intervenir, et tout se termina par un arrangement : le nouveau-né entra dans le monde tendant la main droite à M. Riedel et la gauche au docteur espagnol.

La vie de la Reine est au fond assez triste et assez isolée; elle n'a pas d'intimes, on ne la voit que dans les réceptions officielles ou en villégiature et dans les petites réunions de la cour. Elle conserve un peu son accent étranger et, lors de son arrivée à Madrid, Alphonse XII se plaisait à lui apprendre des mots à contresens, qu'elle répétait naïvement; cela faisait le bonheur du Roi, qui est assez taquin et aime à s'amuser aux dépens des autres.

En somme, il serait difficile au peuple espagnol de trouver des griefs contre sa Reine; car il est impossible d'exiger d'elle autre chose que ce qu'elle fait merveilleusement : aimer son mari et ses filles, deux petites princesses qui sont charmantes.

# TROISIÈME LETTRE

## LA FAMILLE ROYALE

L'infante Isabelle est la sœur aînée du roi Alphonse ; mariée au comte de Girgenti, elle est veuve depuis quinze ans ; c'est l'une des femmes qui ont le plus de charme en Espagne. Dans les premiers moments de la Restauration elle s'est fait un parti d'amis et d'admirateurs qui, à tout événement, lui restera fidèle. Vous serez captivé par sa bonne grâce et ne pourrez échapper plus que moi à son influence. Aimant tendrement le Roi son frère et déclarée princesse des Asturies par un décret, elle a été, jusqu'au mariage de don

Alphonse, la seconde personne de la cour. Mais
une héritière du trône étant née, la princesse im-
provisée rentra dans le rang des infantes. Sa
situation n'a rien perdu à cette diminution officielle, et elle jouit de la même considération à la
cour castillane. On m'a souvent écrit qu'elle s'occupe trop de politique et qu'elle est très réactionnaire. Excellente musicienne, fort lettrée, quoiqu'elle ne soit pas belle, ses grandes qualités
d'esprit lui ont valu le respect et la sympathie des
courtisans. On lui attribue des bons mots souvent
très railleurs. La première fois que le Roi accorda le
pouvoir aux libéraux (ministère Sagasta), l'infante
dut, à contre-cœur, faire bonne mine aux adversaires de M. Canovas, son ami intime. Un homme
politique lui ayant demandé son avis le lendemain
de la formation du ministère, elle répondit crû-
ment : « Que voulez-vous ? la Restauration est dans
l'enfance, il faut bien qu'elle passe sa rougeole. »

L'infante Isabelle et les infantes Paz et Eulalie
ses sœurs ne se ressemblent point entre elles,
mais toutes trois ressemblent à leur mère. Aucune

n'est royale comme Isabelle II ; cependant elles
sont sympathiques, et ont un trait commun, le seul
peut-être : la grâce maternelle.

Les infantes Paz et Eulalie, dont la première a
épousé un archiduc bavarois, ont été toutes les
deux, comme jeunes filles, la joie de la maison
royale. Le Roi prétendit que l'air de Paris leur
était moins bon que celui de Madrid et que l'autorité d'un frère aîné valait mieux pour elles que
l'autorité de la Reine mère, et Sa Majesté les fit
venir auprès d'elle contre la volonté de doña
Isabel.

L'infante Paz s'est révélée comme poète ; les
journaux officieux ont publié les vers d'une muse
naïve, tendre et chrétienne. Depuis son mariage
elle vit à Munich, où l'on dit qu'elle est une excellente épouse.

Doña Eulalia n'est pas mariée encore ; les
prétendants sont venus en foule, mais comme
aucun n'était prince de maison régnante, le Roi
a mis son veto, et si je vous parle de la Cour et
de ce qu'on y conte, vous saurez qu'un jeune

diplomate a reçu le châtiment de sa trop grande hardiesse. Le sort de la princesse semble fixé; on annonce comme chose arrêtée sa prochaine union avec don Antonio, fils aîné du duc de Montpensier.

Don Francisco de Asis, père du Roi, exilé depuis la Révolution, séparé de sa femme, demeurait autrefois à Paris, rue Lesueur, dans un petit hôtel qu'il a vendu et qui était à la fois confortable et modeste. Il vit en bourgeois et ne quitte plus maintenant Épinay, où il a une campagne et jouit paisiblement et sans bruit de sa part de liste civile.

L'ex-roi d'Espagne n'a pas une dette. Sa table est bonne, sa santé de même; je ne sais rien de sa conduite. Chaque fois qu'on remplace l'ambassadeur d'Espagne à Paris, ce qui arrive fréquemment, don Francisco reçoit la visite du nouveau titulaire, la rend le plus vite possible, l'invite à dîner à Épinay, puis reprend son existence tranquille. Sa maison se compose de son secrétaire, M. Palomino, et des deux filles de celui-ci, braves gens de province débarqués exprès pour tenir compagnie à Sa Majesté déchue.

Le Roi consort exilé ne demande au ciel qu'une chose : ne rentrer dans aucun de ses droits !

Si doña Cristina est la femme du roi d'Espagne, il n'y a qu'une Reine, la *Reina* Isabelle II, *doña Isabel segunda*. Sa première qualité royale, ou son plus grand défaut personnel, est l'extrême générosité ; Isabelle mourra sans connaître la valeur d'un maravédí ; elle a donné, donne et donnera sans cesse. Elle a fait cadeau à l'Espagne du plus beau musée du monde et a constitué des dots de 400,000 francs à des filles de généraux qui ont puissamment aidé à la détrôner. On peut dire sans la blesser que la générosité de la Reine va jusqu'à la prodigalité : elle ne tient pas aux richesses, mais elle a sans cesse besoin d'argent pour les autres. Un jour à Madrid, quand elle était la souveraine, le dispensateur de ses dons, fatigué de répandre l'argent que la munificence royale semait à droite et à gauche, imagina une chose qui devait arrêter, croyait-il, Sa Majesté dans ses largesses. La Reine lui avait ordonné d'envoyer 20,000 francs à un homme de lettres dans le besoin ; il fit changer vingt billets de 1,000 francs en très petite monnaie et il étala le tas sur une table au passage de doña Isabel. « Qu'est-ce que c'est que ce trésor ? demanda-t-elle. — Ce trésor, Madame, c'est la somme à verser à l'homme de lettres. » La Reine sourit, convint n'avoir jamais vu tant d'argent, mais elle ajouta : « Raison de plus pour l'envoyer. »

Les trois millions qui lui sont fixés par la liste civile n'ont pu amoindrir les dettes de doña Isabel. On dirait que don Alphonse est le père de sa mère : tour à tour il la prêche, la gronde, la conseille, la désapprouve, lui pardonne.

Isabelle II n'a aucune morgue ; elle accueille à bras ouverts tous ceux qui l'approchent, et de ses lèvres ne sont jamais sorties que des paroles aimables, des mots gracieux. Son abord est d'une souveraine et de la plus charmante des femmes ; elle a un je ne sais quoi qui prouve qu'elle sait user de l'autorité, et cependant on la voit mettre à l'aise ses serviteurs les plus humbles. Elle embrasse ceux qu'elle reçoit, elle rit au peuple, qu'elle salue des yeux, de la main, des bras, des épaules, avec son mouchoir, avec son éventail; pourtant, sur les coussins d'une voiture elle a l'air d'être assise sur un trône.

Nature indépendante s'il en fut, elle n'a jamais obéi qu'à son fils et a perdu son royaume pour garder sa liberté d'allures. Aussitôt détrônée, les Espagnols commencèrent à reconnaître ses qualités de femme, chose bien naturelle, car ils avaient plutôt combattu l'institution royale que chassé Isabelle II; une fois la Restauration triomphante, elle est rentrée deux ou trois fois dans sa bonne ville de Madrid; le peuple l'a accueillie en amie et ils se sont revus sans rancune de part ni d'autre. Le tempérament loyal, le cœur large, l'esprit sincère de doña Isabel lui ont fait plus d'amis que d'ennemis. Si elle avait eu recours aux libéraux dans les derniers mois de son règne, je suis certain qu'elle aurait retardé la Révolution de

dix ans; mais, tempérament passionné, n'admet-
tant pas les concessions, elle a toujours préféré
tout perdre plutôt que de consentir à ce qu'elle
croit une faiblesse. Je lui parlais un jour des
temps nouveaux, du progrès des idées modernes,
de la nécessité pour les souverains de s'assouplir
aux choses de leur temps. « Que voulez-vous?
me dit-elle; je ne comprends que les vieilles traditions politiques; j'ai la passion de mes aïeux;
je conserve pieusement leurs idées, et leurs portraits ne me quittent jamais; pourtant je vous
concède que quelque chose de nouveau existe et
que je ne voyage plus aujourd'hui avec mes mules
blanches. »

Je ne puis résister au désir de vous citer
d'autres mots d'elle; on ne compte pas d'ailleurs
avec les mots d'Isabelle II; elle les a semés aussi
généreusement que sa fortune.

— La chose du monde qui m'étonne le plus,
me disait-elle un jour, c'est le dédain qu'ont les
grands les uns pour les autres, l'importance qu'ils
attachent à la différence d'un titre, la supério-

rité que se croit un duc sur un marquis, un marquis sur un comte, et celui-ci sur les barons. Ces
distinctions-là me semblent de si mesquines
choses !

— Parce que vous les voyez du haut de votre
grandeur, Madame.

Avec son mouvement d'esprit habituel et sa
sincérité, elle ajouta en riant : — Au fait, c'est
possible ; lorsqu'on regarde les hommes du haut
de la tour de Santa-Cruz, on s'étonne qu'ils
puissent attacher une importance à la différence
de leurs tailles, qui paraissent toutes semblables.

Voici un dernier trait : « Aucune femme n'a
été plus trompée que moi dans son mariage, ré-
pète-t-elle souvent ; j'ai cherché un homme dans
mon mari et j'ai trouvé un *infant*. »

Le roi Alphonse, qui est d'une grande sévérité
pour sa famille, empêcha la Reine mère, dans les
premières années de la restauration, d'habiter
Madrid, et soutint le gouvernement qui avait pris
cette mesure contre elle. Sans l'appui de M. Sagasta, elle n'aurait pas quitté Paris ; à sa ren-

trée dans la capitale de Castille, on l'a vue en-
tourée d'une suite nommée par le souverain lui-
même.

Sa *camarera-mayor*, la duchesse de Hijar, est
une des plus grandes dames de l'Espagne ; c'est la
maison du feu duc, son mari, qui a droit au costume porté par le roi le jour de l'Épiphanie. Le
marquis de Villasegura, officier de marine,
occupe chez Sa Majesté les fonctions de surinten-
dant. Nulle n'est plus aimée dans son entourage
que cette reine détrônée, nulle n'est plus digne
de l'être. Très sûre dans l'amitié, dévouée et
fidèle à ses affections, elle est, de toute la famille
royale d'Espagne, celle qui inspire le plus de dévouement.

A Paris, la Reine reçoit un petit nombre d'intimes très choisis dans son palais de l'avenue
Kléber.

La famille royale compte encore parmi ses
membres importants le duc de Montpensier. Le
duc est antipathique aux Espagnols, qui n'ont pas
oublié ses intrigues, ses millions dépensés au pro-

fit de la Révolution pour déposer sa belle-sœur.
Je ne veux pas vous répéter ce qu'on dit à la
cour du conspirateur royal, de celui qui a tué
en duel don Henri de Bourbon, puisque mes
lettres sont publiées. Un portrait imprimé fait
tout de suite pour le public partie d'une galerie de
famille, et le jugement qu'on porte n'atteint pas
seulement la personnalité qui est en cause ; il la
dépasse toujours et blesse ceux qu'on désire ne
pas atteindre.

Un des frères du roi Ferdinand VII, père de la
reine Isabelle, l'infant don François de Paule,
qui avait épousé la princesse Charlotte de Naples,
a laissé une nombreuse famille. Et d'abord quelques mots sur ce ménage aujourd'hui disparu.

L'infant don François de Paule était grand commandeur de l'ordre de Saint-Jacques, un des
quatre ordres militaires ou chapitres nobles dont
je vous parlerai plus tard. La commanderie rap-
portait à l'infant de fort jolis deniers, quelque
chose comme deux cent mille francs par an.

Don François de Paule était un pauvre d'esprit.

Son frère le maria à la sœur de sa quatrième femme, la reine Christine, qui était aussi la sœur de la duchesse de Berry. Bon chien chasse de race; doña Carlota se montra digne de la réputation plus que légère des femmes de la maison de Naples; mais doña Carlota avait un grand mérite: elle était franchement libérale.

Lorsque le Roi, son beau-frère, *mourut pour la première fois*, l'infante fit invasion dans la chambre du mourant. Elle arracha à son auguste beau-frère, (pour lequel elle était, dit-on, plus que belle-sœur), un testament en faveur de celle qui devait être appelée dans l'histoire doña Isabel Segunda.

Calomarde, président du conseil de Ferdinand, était vendu à don Carlos. Il voulut empêcher que son souverain disposât du trône en faveur de sa fille et tenta de prendre de la main du Roi la déclaration écrite. L'infante Carlota vit ce mouvement, souffleta le ministre et lui dit :

— Vous osez toucher au Roi, vous êtes un insolent et un traître!

Calomarde garda le soufflet. Ferdinand VII revint à la vie. Il chassa de ses conseils Calomarde, et nomma à sa place don Francisco de Zea-Bermudez.

A la mort véritable de son père, Isabelle II devint reine d'Espagne; le système constitutionnel fut un fait accompli et le carlisme prit naissance.

Don François de Paule et doña Carlota eurent huit enfants.

D'abord l'infante Isabelle, dont le mariage est une histoire très romanesque : elle se laissa enlever par le comte Ignace Gurowski. Vous le connaissez. Il est de haute noblesse polonaise, descendant de la grande maison de Bergen, seigneur de Pryzyma et de Stendorff; sa généalogie remplit des pages de l'histoire. Le comte Ignace Gurowski est bien connu de la société parisienne, de laquelle il ne s'est pas séparé depuis quarante ans et qu'il adore. Ses manières, sa droiture, sa franchise, la sûreté de son amitié, la bienveillance de son esprit, l'inaltérable et chaleureuse bonté de son cœur, lui ont fait, à Paris, une situation exceptionnelle.

Une fois séparée de lui, sa femme est de-

venue, par ses gaspillages, une espèce de folle à
l'air farouche; la haute société espagnole souffre
parfois de la rencontrer à travers Madrid dans
une tenue indescriptible, à pied, avec les apparences d'une misère injustifiée, car le roi Alphonse
n'oublie aucun des siens et elle a des apanages
qui suffiraient à toute autre femme ne se faisant
pas, comme elle, une sotte gloire de ses dettes et
de son désordre.

De même qu'avec son mari, elle s'est très mal
comportée avec sa fille, Marie-Louise Gurowski y
Borbon, une vraie princesse de roman. Belle,
charmante, adorable, pleine de vertus et de rési-
gnation dans l'adversité, la fille du comte Gurowski
supporta son infortune avec la plus grande dignité. Elle mourut aux environs de Madrid, dans
une triste ferme sans meubles, où elle s'était retirée
avec son mari et ses adorables enfants, pour ca-
cher son extrême pauvreté et ne pas supporter la
commisération d'amis qui eussent été fidèles dans
la fortune, mais ne le furent pas dans la misère.

Le fils aîné de don François de Paule est don

Francisco de Asis, mari de la reine Isabelle, dont je vous ai déjà parlé.

Puis l'infant don Henri, lequel, sans les intrigues anglo-françaises de 1845 et 1846 à l'occasion des fameux mariages espagnols, serait devenu l'époux de sa cousine la reine d'Espagne ; mais don Henri se montra par trop libéral ; il s'était affiché comme progressiste, partisan d'Espartero. Les *moderados,* appuyés alors par Guizot et le parti réactionnaire français, lui préférèrent son frère aîné don François, qui n'avait, celui-ci, nulle envie de se marier. Don Henri blessé, et dans son amour car il aimait sa cousine, et dans son ambition car il désirait être roi d'Espagne, se jeta dans la politique et eut même des velléités républicaines. Compromis dans un *pronunciamiento* en Galice, il perdit à la dernière heure son sang-froid, fit amende honorable et révéla le nom de ses complices ! Trois de ceux-ci furent fusillés ; lui, perdit tout, fors la vie.

En 1845, il épousa M^lle Elena de Castelvi, dont il eut quatre enfants. Don Henri de Bourbon,

ballotté toute la vie entre sa gêne pécuniaire, ses
goûts dépensiers, ses sentiments libéraux et son
orgueil de race, ne sut être rien : ni infant, ni
révolutionnaire, ni grand seigneur. Sa fin, vous la
connaissez. Le duc de Montpensier, après avoir
contribué à détrôner sa belle-sœur, s'était posé
comme candidat à la couronne d'Espagne. Don
Henri insulta, dans les journaux républicains, don
Antoine d'Orléans, le traitant de renégat, d'ingrat,
de misérable. Le duc de Montpensier lui envoya
ses témoins, et les deux infants se trouvèrent face
à face à Carabanchel, près de Madrid. Don Henri,
au second coup de pistolet, tomba pour ne plus
se relever.

L'infant don Henri a laissé quatre enfants, dont
trois fils, tous les trois braves garçons, très estimés ;
ils font actuellement partie de l'armée.

Le quatrième enfant de don François de Paule
est l'infante Luisa Teresa, qui épousa en 1847 le
duc de Sesa et Montemar, comte d'Altamira, descendant direct du grand capitaine Gonzalve de Cordoue. L'infante Luisa a fait peu parler d'elle. De

son mariage elle a eu trois enfants : le comte d'Altamira actuel, le comte de Cabra, et celle qui est
aujourd'hui princesse de Bauffremont-Courtenay.

La troisième fille (cinquième enfant) de doña
Carlota est l'infante Josefa, veuve du regretté
M. Guëll y Rente. Ses aventures conjugales ne sont
pas nouvelles, mais il me semble intéressant de
les rappeler.

Le mariage de l'infante Josefa fut un grand
événement sous le règne d'Isabelle II.

Un poète cubain, M. Guëll y Rente, adorait une
jeune fille du monde aristocratique et en était
aimé. Encouragé par elle, il osa la demander à
son père, qui la lui refusa dédaigneusement.
« Vous êtes, Monsieur, lui fut-il répondu, un
trop mince personnage pour ma fille. — Alors,
dit fièrement M. Guëll y Rente, pour vous prouver
qui je puis être, j'épouserai une princesse. »

Il traverse la mer, arrive à Madrid, se fait un
nom dans les lettres, dédie ses plus beaux vers
à l'infante Josefa, lui tourne la tête et l'enlève.

La nouvelle tombe comme la foudre sur la

famille régnante : c'est un double scandale, car
M. Guëll y Rente n'était pas seulement un poète,
mais un démocrate. Le gouvernement, la cour,
se sentirent humiliés, autant que la famille royale,
par cette aventure à laquelle l'opposition et le
peuple applaudirent. Le mariage, fait à la Roméo
et Juliette, fut béni dans les environs de Valladolid
et faillit être invalidé par la cour de Rome. Narvaez crut que l'exil et son cortège de persécutions
de toutes sortes auraient raison du fougueux
Cubain et l'obligeraient à se rendre à merci.

M. Guëll y Rente accepta la guerre, rendit dent
pour dent, et ce fut à lui qu'on céda. Le temps,
qui est « de la carrière » et se plaît à son rôle de
diplomate, arrangea les choses. M. Guëll, sans
cesser d'être républicain loyal et poète de talent,
fut accepté par la famille royale. Il entra au palais
par la grande porte et son nom figura au *Gotha*.
La reine Isabelle, sa belle-sœur, qui avait désiré
la réconciliation, lui fut très fidèlement et très
tendrement attachée. Les fils de M. Guëll y Rente
sont les marquis de Valcarlos et de Guëll, bien

connus et très estimés de la haute société parisienne. Leur père, littérateur distingué, auteur
de très beaux volumes de vers, plusieurs fois élu
député et sénateur, toujours comme membre de la
gauche, vient de mourir subitement à Madrid,
regretté à Paris comme en Espagne. C'était l'une
des personnalités les plus attrayantes et les plus
sympathiques que j'aie rencontrées. Il avait le caractère le plus droit, le plus ferme, le plus élevé du
monde, et dépensait sans jamais l'épuiser tout ce
qu'un homme peut donner d'esprit, de talent, de
cœur et de bonté.

Les fils de l'infante Josefa sont aimés et respectés de tous.

Le sixième enfant de don François de Paule est
l'infante Marie-Christine, veuve de l'infant don
Sébastien de Bourbon et Bragance. L'infant don
Sébastien avait suivi don Carlos et servi sous ses
ordres. Il se rallia ensuite à Isabelle II, qui le
reconnut infant d'Espagne. Horriblement laid,
avec un œil de verre, il avait été si malheureux
avec sa première femme, Marie-Amélie des Deux-

Siciles, qu'il ne se remariait point. La reine Isabelle eut l'idée de donner pour femme à son
horrible cousin sa belle-sœur, qui passait pour ce
qu'on appelle en espagnol une *tonta,* c'est-à-dire
une pauvre d'esprit. Don Sébastien était immen-
sément riche, l'infante Christine absolument
pauvre. L'infant don Sébastien, très érudit, fut
un grand ami des artistes ; il a laissé à sa femme,
outre ses biens, une magnifique bibliothèque peu
appréciée par elle, et cinq enfants, qui ont plus
hérité de la mère que du père. Les deux aînés,
don Francisco et don Pedro, créés ducs de je ne
sais quoi par leur royal cousin don Alphonse,
viennent justement d'épouser deux bourgeoises.
Qu'ils soient heureux en ces temps démocratiques !

L'infante Amélie est la dernière fille de feu
don François de Paule. Elle est veuve du prince
Adalbert de Bavière. Un de ses fils a épousé l'infante Paz, sœur d'Alphonse XII, et sa fille Isabelle est devenue, il y a deux ans, la femme du
prince Thomas de Savoie, duc de Gênes, frère de
l'adorable reine Marguerite d'Italie.

J'allais oublier l'infant don Fernando, mort en 1854.

Et j'allais omettre encore de vous dire que don François de Paule eut, quand il était plus que mûr, la faiblesse d'épouser une comédienne, fort médiocre en son art, mais très rusée comme femme galante. Cette belle personne avait nom Teresa Arredondo. Elle fit cadeau à son auguste époux d'un rejeton que la reine Isabelle gratifia du titre de duc de San Ricardo. Ce saint jeune homme acheva son éducation dans la neutre Belgique et mourut tout jeune, laissant l'apanage que son père lui avait constitué à sa grand'mère maternelle, à laquelle je puis appliquer le fameux vers du Dante :

Non ragionai di lor, ma guarda e passa.

La Révolution avait affiché à Madrid cette déclaration : *La race maudite des Bourbons est à jamais bannie.* Vous voyez qu'elle en a rappelé.

La famille royale se compose en tout de vingt-trois personnes.

# QUATRIÈME LETTRE

## ENTOURAGE DU ROI

Le roi Alphonse XII est très entouré. A-t-il, parmi ses compagnons de chasse et de sport, un véritable ami ? Je n'en sais rien, et d'ailleurs je ne crois pas qu'il le cherche. L'être indispensable à l'existence de don Alphonse est le chef supérieur du palais, don José Osorio y Silva, duc de Sexto, marquis de Alcañices. M. de Alcañices a été un joli cavalier, presque un don Juan ; il eut le bonheur d'être admiré par les deux incomparables filles de la comtesse de Montijo : la duchesse d'Albe, qui resta à Madrid, et Eugenia de Guzman

qui promena sa toison ardente à travers la France,
l'Angleterre et la Belgique, faillit épouser un
gentilhomme belge, refusa sa main au prince
Napoléon (le comte Ferdinand de Lesseps fut à
ce propos l'intermédiaire entre le roi Jérôme et
la comtesse de Téba), et devint impératrice des
Français.

Le beau Pepe Sexto fut, parmi les adorateurs
de doña Eugenia de Guzman, celui qui regretta
le plus son élévation ; il noya son chagrin dans
les plaisirs faciles ; plus tard il goûta de la politique, fut député, maire et préfet de Madrid,
aima de-ci de-là : bourgeoises, actrices, marquises,
duchesses, toutes furent tour à tour également
adorées, et je n'en finirais point si je devais vous
parler de chacune de ses victimes. Dès 1868, le
marquis de Alcañices s'attacha au Roi ; il ne l'a
plus quitté. Il a été son *ayo* dans l'exil, et depuis
la restauration il est grand maître de la maison
de Sa Majesté. Ce qui occupe le plus le chef civil
de la maison du Roi, ce sont les chevaux, les
taureaux, l'organisation des fêtes champêtres tan-

tôt à *Algete* tantôt à la *Casa de Campo,* des chasses au *Pardo* et des pique-niques à la *Granja.* Le duc est bien le type de l'ancien noble espagnol, héritier de dix ou douze duchés et marquisats. Il est constaté qu'il ne s'occupe pas de politique ; cela exigerait peut-être certaines dispositions qu'il n'a pas. Avec sa petite voix aiguë et son air de picador, il joue le rôle de favori du souverain, rôle détesté en Espagne. Sans cesse aux côtés du monarque, à pied, à cheval, dans la même voiture ou dans la loge voisine au théâtre, il est l'ombre de son auguste maître.

M. de Alcañices est courtois, discret, homme du monde ; il s'est à moitié ruiné et porte sa pauvreté relative avec l'indifférence et la superbe de don César de Bazan. Quand il n'est pas au palais d'Oriente, on le trouve *calle del Sauco.* Sa femme ne le retient guère, et d'ailleurs l'ex-duchesse de Morny passe les trois quarts de l'année à Paris, fumant ses belles *brevas,* dans son hôtel de la rue Lapérouse.

Mᵐᵉ de Alcañices, née Troubetzkoï, est un peu

excentrique comme toutes nos compatriotes; mais c'est une femme d'une vertu et d'un caractère irréprochables. Bonne mère, elle adore ses enfants; elle a eu un immense chagrin à la mort de sa fille Marie; elle a pleuré le duc de Morny; peut-être est-elle disposée encore à pleurer son second mari.

Bien différent du duc de Sexto est M. le comte de Morphy, l'un des hommes les plus éclairés et les plus séduisants que j'aie rencontrés. Il pourrait influencer l'esprit du souverain, qu'il a connu enfant et accompagné dans l'exil; mais sa réserve égale son mérite et tous les partis rendent justice à l'attitude de cet honnête homme, dont le titre de comte a été la moindre récompense qui pût lui être offerte. Excellent musicien, il raffole de tout ce qui se rapporte au divin art; ses loisirs sont consacrés à faire de la musique, entouré d'un cercle choisi de littérateurs et de poètes. Il organise des concerts et protège les artistes inconnus ou malheureux. Nul en Espagne n'a jamais critiqué M. Guillermo Morphy, ni contesté les mérites de cet homme rare.

Un matin, M. Guillermo Morphy entra chez Sa Majesté et trouva son royal maître à genoux et regardant sous son lit. « Que cherche Votre Majesté? demanda le secrétaire en se mettant à genoux à son tour. — Je cherche mon chien Alcañices, répondit le Roi; il est près de 8 heures et Pepe ne s'est point encore montré; le fait est si extraordinaire, qu'il doit être caché dans un coin quelconque de ma chambre. »

Outre Alcañices, les compagnons habituels du Roi sont le duc de Tamamès, le comte de la Corzana, le comte de Benalua, don Vicente Beltran de Lis. Tamamès a épousé une d'Albe; il gaspille sa fortune, mais c'est un brave cœur, un brave garçon, très élégant, très *chic,* très hospitalier, regrettant au fond de son âme que son duché soit si moderne, car il ne date que de 1805.

Le comte de la Corzana était le troisième fils du frère cadet de M. de Alcañices; par la mort de ses deux aînés, il est devenu l'héritier de son oncle. En quelques années il a croqué un fort gentil capital. Très jeune, il épousa la fille aînée du duc de Morny; le mariage fut heureux, du moins autant qu'il pouvait l'être, le comte de la Corzana faisant souvent passer avant le *home* le cercle, les courses et autres éléments de la vie à grandes guides.

Veuf depuis trois ans, le comte a épousé, il y a quelques mois, une de ses cousines, une demoiselle Martos, fille de M. de Hérédia Spinola, lequel est lieutenant de son chef et n'est comte que par sa femme.

Le comte de Benalua, orphelin depuis son enfance, possesseur d'une belle fortune, eut pour tuteur le duc de Sexto. A peine âgé de dix-sept ans, le jeune *Julito Quesada* s'éprit d'une femme plus que légère, fort séduisante d'ailleurs, et eut la bêtise de lui donner sa main; l'union ne tarda pas à se rompre, mais Concha Lacy garda son titre de comtesse, et le comte Julito chercha dans d'autres aventures, qui ne pouvaient désormais avoir la même fin, l'oubli de ses chagrins domestiques. Il y réussit, car il est très bien fait de sa personne, très gentleman. Il a été et il est encore la coqueluche du sexe féminin madrilène.

M. Beltran de Lis, veuf d'une fille du comte Ignace Gurowski et de l'infante Isabelle, tante du Roi, se console comme il peut de la perte de sa charmante femme.

Tel est l'entourage de Sa Majesté Catholique : tous hommes charmants, vrais seigneurs espagnols, généreux, spirituels, mais quelque peu brouillés avec la réflexion, les livres et même l'orthographe.

# CINQUIÈME LETTRE

## LA COUR

Le service personnel de Sa Majesté Catholique est très nombreux. On a beau dire que Victor Hugo a exagéré les coutumes de la cour d'Espagne, il reste encore beaucoup du second acte de *Ruy Blas* au palais de la place d'Orient. Que signifierait sans cela l'interminable liste des *mayordomos, caballerizos, gentiles hombres* de l'intérieur, *gentiles hombres de casa y boca* (de maison et de bouche), *ugieres, alabarderos,* vêtus encore comme les gardes-françaises, *monteros,* aides de camp, chefs d'escorte, dames, grands d'Espagne de service, etc. ? La nomenclature de tout le personnel de la maison royale remplit un gros volume.

Le souverain reçoit beaucoup ; il est très facile de l'aborder, et je crois vous être agréable en vous donnant la physionomie de ses audiences ordinaires.

Lorsqu'on demande à être reçu par Sa Majesté, on s'adresse au *mayordomo mayor* duc de Sexto, chef supérieur de la maison d'Alphonse XII. Après avoir gravi les marches de pierre de ce palais sombre et imposant, il faut se découvrir bien avant l'entrée de la chambre du Roi. On ne pénètre dans la maison royale que chapeau bas ; les jours de réception, lorsqu'on entre au palais par le grand escalier, on se découvre dès la première marche.

On trouve d'abord l'*alabardero* de service placé à l'entrée du vestibule donnant sur la *saleta,* puis un poste d'*alabarderos* ; de temps en temps, un coup qui vous fait sursauter retentit ; l'*alabardero* frappe le sol de marbre avec son arme : c'est un grand d'Espagne, un grand'croix, un prélat ou un titre de Castille qui passe.

Le palais du Roi est grand et sévère; il a le
même aspect que toutes les résidences royales. Le
mobilier n'a pas la somptuosité de la plupart des
demeures souveraines; l'œil rencontre trop d'es-
paces vides ; les salons ont des murs d'une épais-
seur attristante. Il n'y a de digne d'être remarqué
que les portraits de Charles III et Charles IV par
Goya, et le plafond de la salle du trône, qui est
vraiment admirable, par Tiepolo.

J'ai souvent entendu des Espagnols se plaindre
(eux qui se froissent si facilement et se croient si
vite humiliés) des catégories par lesquelles on
classe les visiteurs au palais : trois salons se
suivent pour les grouper; le premier, la *saleta*,
sert de salle d'attente à ce qu'on appelle *tout le
monde;* le second, la *cámara,* est destiné aux personnes titrées ou qui sont grand'croix; le troisième, la *antecámara,* est réservé aux grands d'Espagne et aux *gentiles hombres en ejercicio.*

Ce qui est aisément accepté partout ailleurs,
provoque à Madrid des haines et fait des bles-
sures d'amour-propre inguérissables. L'épicier

créé marquis ou bombardé grand'croix passe devant le magistrat ou le savant, simple chevalier
ou commandeur. La dame noble, titre de Castille,
cède la préséance à la chapelière dont le mari a
été improvisé *Grand* au moment de la restauration. Le *Grand* de service a sur une liste les
noms des visiteurs, et ils sont appelés par ordre
d'inscription.

Le souverain reçoit d'une façon charmante ; très
aimable, très vif, cherchant et trouvant le mot
qui pourra vous flatter dans votre carrière, dans
votre profession, dans vos goûts, dans votre
patrie ; bref, ainsi que je vous l'ai déjà dit,
Alphonse XII est le plus sympathique des hommes.

Les grands d'Espagne, chambellans de Sa
Majesté, se partagent le service du Roi. Ils sont
prévenus l'avant-veille du jour où ils doivent se
rendre au palais.

A l'antichambre du Roi, il y a toujours le
*Grand* de service, la dame de la Reine, deux
généraux aides de camp et un *gentil hombre* de
l'intérieur.

Les *gentiles hombres* de l'intérieur ont sept mille cinq cents francs d'appointements; il ne faut pas les confondre avec les *gentiles hombres en ejercicio*. Ces derniers ont le droit d'entrer dans l'*antecámara*. Les jours de gala, ils revêtent un costume éclatant; ils sont en culotte courte; la seule chose vilaine dans leur tenue est leurs bas de soie blanche.

Ce qu'il y a d'huissiers, de *caballerizos* (écuyers qui chevauchent à côté des personnes royales quand elles sortent à cheval ou en voiture), de *monteros,* etc., est incalculable. Je ne dois pas oublier l'un des services qui a sa légende : les *monteros de Espinosa,* serviteurs exclusivement préposés à veiller sur le sommeil royal.

Ces *monteros* devaient jadis naître à Espinosa; comme l'emploi était héréditaire, on entendait dire d'une femme : « Elle est partie pour Espinosa et elle y attend l'heure de ses couches. » Jamais un étranger ou une étrangère n'étaient admis dans cette espèce de famille de Espinosa.

Aujourd'hui ces *monteros* sont recrutés parmi

les lieutenants et les capitaines en retraite. Ils commencent leur service à onze heures dans l'*antecámara* de chaque personne royale; ils se promènent deux toute la nuit sans parler et veillent jusqu'au matin, toujours debout, sans cesser de marcher en se croisant, exerçant la surveillance la plus stricte sur le sommeil royal. A onze heures du soir les huissiers et les serviteurs de la cour descendent les grands escaliers; un suisse en culotte courte, avec un chapeau tricorne, un grand falot sentant l'huile et une énorme poignée de clefs aux mains, fait la cérémonie quotidienne de la fermeture des portes du palais. La maison royale reste close, sous la garde des *monteros de Espinosa*.

La maison militaire actuelle du Roi se compose du général Blanco, qui en est le chef, et de quelques généraux dont le dévouement et l'influence personnelle inquiètent souvent les ministres. On appelle « généraux du Roi » ceux qui ont passé par l'antichambre royale.

Le général Emilio Terrero, actuellement capi-

taine général des Philippines, a été l'un des chefs
de la maison militaire d'Alphonse XII, et nul ne
doute en Espagne qu'il n'ait emporté un chiffre et
n'ait reçu des instructions personnelles du Roi
dans cette affaire dont le dénouement peut être un
mouvement national. Quelles étaient ces instructions? J'oserai le dire. Il paraît certain que le Roi
est plus favorable à la politique allemande que ne
l'est son peuple et qu'il eût fait très aisément bon
marché d'un archipel.

Au contraire de ce qui se passe à Berlin et à
Vienne, où les aides de camp des empereurs ont
peu d'influence, à Madrid, les généraux qui, avant
d'être dans l'intimité d'Alphonse XII, ont eu de
grands commandements dans l'armée, constituent
une espèce d'association que le Roi s'attache et
qui s'attache au Roi. Les rapports constants et
l'affection naturelle qui en résultent ont développé
dans l'esprit de don Alphonse une ambition personnelle et un désir de jouer un rôle militaire, qui
inquiètent tous les partis et qui ont poussé le roi
d'Espagne à se lier à la plus grande puissance

militaire de l'Europe, à l'Allemagne, par des en-
gagements que la duplicité prussienne a inter-
prétés à son seul profit.

Tout le personnel dont je vous parle se trouve
mêlé dans les grandes occasions et même dans
les cérémonies de *media gala* qui ont lieu à la cour
la plus théâtrale du monde.

Le samedi, Leurs Majestés vont à l'église d'Atocha entendre le salut et sont accompagnées par
tous les dignitaires de service, par le grand maître,
le « grand » d'Espagne chambellan, le majordome,
le chambellan de l'intérieur, la dame « grande »,
le général aide de camp, avec l'escorte royale
qu'on appelle à Madrid l'*escadron du salut :* quatre
gardes à cheval avec casques argentés à panaches
blancs ouvrent le chemin aux voitures qui condui-
sent le Roi et la Reine; derrière, le brillant escadron, composé de beaux hommes choisis dans
toutes les armes.

On raconte, à propos de ces hommes, une
plaisanterie qui a fait le tour de l'Espagne. Un
diplomate accrédité à Berlin s'extasiait à la cour

prussienne sur la belle prestance des gardes im-
périaux.

— Comment sont les vôtres? lui demanda-
t-on.

— Oh! nous en avons comme ceux-là, mais
plus petits.

Si vous passez une année à Madrid, vous serez
dans l'admiration de l'originalité des cérémonies
traditionnelles de la cour de Castille. Les *réceptions,* appelées jadis *besamanos,* à chaque fête d'une
personne de la famille royale ; la promenade à
pied aux églises faite par Leurs Majestés suivies
de toute la cour en grande tenue ; le lavage des
pieds de douze pauvres par le Roi lui-même, le
jour du jeudi saint, au palais, devant tous les dignitaires civils, ecclésiastiques et militaires ; l'envoi des costumes du Roi, le 6 janvier, à la maison
de Hijar, pour le comte de Rivadeo, conformé-
ment à une tradition ininterrompue, dans des
voitures de gala et par l'intermédiaire d'un gentilhomme, — costumes qui formeraient la plus
belle collection du monde depuis plusieurs siècles,

si la famille de Hijar ne les avait pas vendus (1).

Vous verrez un peuple essentiellement démocratique et se moquant de toutes les coutumes de
sa monarchie. Ce rôle démodé, suranné, tenu par
un jeune roi très moderne, très « pschutteux »,
ces façons d'un autre âge, ces solennités gothi-
ques imposées ou subies par des modernes, touchent parfois au grotesque et n'ont pas la gaieté
des mascarades.

Un accouchement de la Reine, que j'ai vu et que,
dit-on, vous verrez aussi, est une chose inouïe
de nos jours et de laquelle on souffre. L'enfant

(1) Voici l'histoire du premier envoi de ce costume royal.
Un roi de Castille se perdit et fut abandonné par sa suite
dans une partie de chasse à Rivadeo. Il vit une chaumière et y
frappa. Un pâtre lui ouvrit, auquel il demanda l'hospitalité. Le
Roi était mouillé jusqu'aux os; le berger lui donna son costume et son lit. Le lendemain le Roi dit au pâtre : « Que dé-
sires-tu recevoir de moi? » Le berger répondit : « Rien! Vous
n'êtes pas Castillan si vous demandez à votre hôte le prix de
son hospitalité. » Le Roi, touché de cette fierté, se fit reconnaître, emmena avec lui le pâtre de Rivadeo, le fit comte, et
lui octroya le don de son costume à chaque anniversaire de
leur rencontre. Depuis, le costume royal n'a pas cessé d'être
envoyé le 6 janvier.

royal est présenté à la cour dans un grand plat d'or; encore un peu, on se le passerait comme un dessert de noce.

La maison de la Reine est naturellement plus restreinte que celle de son auguste époux. Doña Cristina a pour *camarera mayor* la duchesse de Medina de las Torres, une *Grande,* dont la fortune est considérable. La duchesse ne s'occupe en aucune façon des affaires publiques, ce qui s'explique dans un pays où les femmes politiques sont très rares, leur éducation ne permettant pas qu'elles prennent goût aux intrigues des partis. La duchesse vient de bâtir un théâtre auquel elle a donné le nom de « théâtre de la Princesse ». L'ouverture d'une rue ayant été accordée par la municipalité de Madrid pour donner accès à l'édifice, on a méchamment nommé cette voie la *rue des quatre cent mille francs.* Très pieuse, comme la reine sa maîtresse, la duchesse *impresario* a cependant fait communiquer sa maison avec la salle. Pour achalander le lieu profane, elle n'a eu qu'à l'ouvrir, l'aristocratie tout entière ne pouvant échapper à l'obligation de s'abonner au théâtre de la *camarera mayor* de la Reine. Un chapelain, qui ne quitte jamais la duchesse, est le censeur des pièces. M. Mario, ancien directeur de la Comédie, a pris la direction de la nouvelle salle.

L'infante Isabelle a aussi sa petite maison, dont le secrétaire particulier est le marquis de Najera, qui partage avec sa charmante femme, Lolita Balanzat, le service de la sœur du Roi. La comtesse de Superunda, sœur du comte de Toreno, est la grande maîtresse de la maison de l'infante. Les quatre *gentiles hombres* de l'intérieur, MM. Rio, Salamanca, Pineda et Uribarri, font, à tour de rôle, le service chez Son Altesse. Le trésorier est M. Rosalès.

5

# SIXIÈME LETTRE

## LES CORTÈS

Durant mon séjour à Madrid j'ai connu trois ou quatre Chambres successives, mais je ne puis dire différentes, car elles se ressemblent toutes entre elles. « Plus ça change, etc. »

L'Espagne est sans cesse bouleversée par les élections. Vous n'imaginez pas à quel point on craint ce mot dans les campagnes. Le vrai, le paisible contribuable a la terreur des guerres civiles et des *pronunciamientos*, qui lui coûtent fort cher ; le frisson lui vient à l'annonce d'une nouvelle bataille électorale. Je ne puis trouver d'autre mot : ce sont des batailles en effet, où partisans d'un côté et partisans de l'autre se tirent des coups de fusil au profit d'un candidat étranger à la province, dont souvent ils entendent prononcer le nom pour la première fois au moment de la candidature.

Chaque nouveau ministère a besoin d'une majorité ; il faut la trouver, l'inventer, et tous les deux ou trois ans un décret de dissolution vient renouveler les émotions politiques. Adieu semailles, récoltes, adieu travail, calme du foyer ; l'agent électoral va venir, le préfet va menacer ; pour plus d'une élection, l'argent d'une part, le revolver de l'autre, témoigneront hautement, bruyamment, en faveur de la liberté du suffrage.

Le citoyen espagnol n'a aucun souci politique, bien qu'il s'occupe de politique jour et nuit. De même pour la religion, dont il parle sans cesse, mais qu'il pratique le moins possible. Certains électeurs sont devenus depuis longtemps une machine à voter, qu'on loue selon les besoins, qu'on paie en raison de l'offre et de la demande. C'est

ainsi que le gouvernement recrute les trois cent
et quelques représentants qu'il faut à droite. Voilà
qui explique comment les bancs de l'opposition
sont toujours occupés par des sommités politiques
ayant besoin de l'influence de leur notoriété, de
leur talent, pour combattre et dominer la corrup
tion électorale, et pourquoi, d'autre part, les nul
lités abondent — qu'importe le flacon pourvu qu'il
ait la marque — derrière le banc bleu du minis
tère. Le vrai pays tient aux défenseurs de ses
libertés, lutte pour sa vie publique dans ces escar
mouches rurales. Vous imaginez quelle opposition
formidable, républicaine ou carliste, il faut pour
dominer les procédés d'une élection officielle.

Les deux tiers du pays se laissent conduire par
les fonctionnaires, faute de conscience politique ou
par indifférence. C'est seulement en Espagne qu'on
voit des députés de la majorité n'ayant jamais pris
connaissance de leur circonscription que sur la
carte. Le député *cunero* ne se rencontre qu'à Ma
drid. Tout le monde veut être député dans ces con
ditions-là. Les demandes de candidature pleuvent

sur MM. Canovas et Sagasta, chaque fois que ces chefs de parti vont faire des élections. Je me suis bien souvent demandé pourquoi cette course à la députation, dans un pays où la fonction de député est gratuite, et pourquoi elle est convoitée par un si grand nombre de pauvres hères? Il y a là un secret qui fait songer au dialogue d'une pièce comique. La scène se passe à l'époque où il fallait posséder une certaine rente pour être admis à l'élection. Le ministre demande au candidat très pauvre : « Pourquoi diable voulez-vous être député quand vous n'avez pas de rentes? — Mais, Excellence, à cause de cela, pour m'en faire ! »

Sauf le cas extraordinaire d'une Constituante, l'aspect des Cortès de la monarchie est presque toujours le même. La droite se compose de moutons de Panurge : dans une Chambre canoviste elle est formée de grands seigneurs et de barons de la finance; dans une Chambre sagastiste, aussi de grands seigneurs, de hauts fonctionnaires, d'ingénieurs, camarades de promotion ou anciens élèves de don Práxedès, de généraux et de littéra-

teurs. Ces Messieurs, de l'une ou de l'autre caté-
gorie, votent tout ce que propose la politique
ministérielle, à la condition d'obtenir en retour
des emplois pour leurs parents et amis; pour
leurs femmes des *bandas de Maria Luisa;* pour
eux-mêmes des croix, des marquisats, des concessions de chemins de fer, des résolutions favorables
dans les affaires dépendant des divers ministères.
Quelques-uns se font une situation à la suite d'un
discours remarquable; ils quittent alors la députation pour devenir préfets, directeurs, ambassa-
deurs, et pour faire le bonheur d'un nouvel élu,
qui recommence la manœuvre du précédent.

Le savant, l'artiste, le commerçant, l'industriel,
le médecin, l'avocat, le journaliste, voient chaque
année s'augmenter le nombre des hommes politiques, qui les regardent de haut et se croient
des personnages.

Un fait à signaler, qui confirme les précédents,
est celui-ci : dans l'opposition, les *leaders* des
partis ont presque toujours derrière eux des amis
politiques connus et d'une valeur réelle; dès qu'ils

sont au pouvoir, ils éliminent les notabilités, con-
servent tout au plus une douzaine d'orateurs,
qui d'ailleurs s'imposent, et tombent dans l'erreur
de leurs adversaires en gouvernant avec des nul-
lités ; — ce qui prouve qu'avant la victoire on
cherche des guerriers, mais qu'une fois victorieux
on se contente de *pioupious*. Il n'y a d'exception
que pour M. Sagasta, qui, à cause de son caractère
apathique et de son insouciance aimable, attire
plutôt qu'il n'éloigne les personnalités marquantes.

Les oppositions, aux Cortès, donnent toujours
le spectacle de l'union ; leurs forces sont admirablement organisées, et comptent, comme je
vous l'ai dit, des combattants hors ligne. Le parti
constitutionnel a des orateurs de premier ordre :
MM. Sagasta, très fougueux, Alonzo Martinez,
Leon y Castillo, Albareda, Xiquena, Fiori ; parmi
l'ancienne gauche dynastique, Lopez Dominguez,
Martos, Sardoal, Montero Rios, Moret, Becerra,
Linares Rivas et beaucoup d'autres. Moret est surtout remarquable par son extrême facilité, Martos
par sa correction, Sardoal par sa raillerie mor-

dante. Voilà un état-major d'adversaires redoutables. Il est vrai que le gouvernement et la droite
ont un contingent d'orateurs non moins distingués. On ne peut contester les qualités oratoires
de MM. Canovas, Pidal, Romero Robledo, Francisco Silvela, Toreno.

Mais le Cicéron des Cortès est M. Castelar, que
je n'hésite pas à qualifier personnellement de premier orateur du monde. Les satellites de cette lu-
mineuse étoile sont MM. Labra, Gonzalez-Serrano,
Maisonave, Abàrzuza, etc.

Quant aux ultramontains, peu nombreux, ils
sont aussi très distingués ; leur éloquence est particulière, un peu onctueuse, mais exquise. Chaque
fois qu'un évêque ou un prêtre prononce une ho-
mélie politique, on goûte vraiment un plat choisi.

Assister à certaines séances du Congrès espagnol
est d'ailleurs un véritable régal, quel que soit le
parti qui prenne possession de la tribune. Je ne
connais pas une Chambre européenne possédant
un aussi grand nombre de célébrités oratoires que
celle de Madrid. Aussi, à la seule annonce d'une

discussion importante, le public se dispute les
places plusieurs jours à l'avance et la tribune des
dames est bondée de jolies femmes. La chose en
vaut d'ailleurs la peine. Une discussion entre Canovas et Castelar, à laquelle peuvent se mêler
Martos, Francisco Silvela, Lopez Dominguez,
Pidal, Sagasta et Labra, devient quelque chose
d'incomparable dans ce pays où tout le monde est
orateur et poète. Ce sont des événements extraordinaires qui font oublier jusqu'au sujet de la
discussion, et ressuscitent l'ancienne Rome.

Je me souviendrai toute ma vie de l'improvisa-
tion de Castelar à la Constituante. Il répondait au
prêtre Manterola, dans une discussion sur la liberté
religieuse. J'ai éprouvé dans cette séance les plus
nobles émotions. Jamais l'éloquence n'a remué
plus d'âmes, n'a atteint d'un plus grand vol les
limites de la hauteur et de la puissance. Tous,
réactionnaires, libéraux, gouvernement et gau-
ches, se précipitèrent de leur banc vers celui
de Castelar, tous l'acclamèrent orgueilleusement,
comme une gloire nationale.

Les Cortès de Madrid sont, hélas! le reflet du pays, plus artiste et poète que pratique; les joutes de la parole priment tout, les mots effacent les faits, et tandis que les discussions théoriques charment les loisirs d'un public délicat, lettré et sensible, le pays demeure livré à son ignorance et à ses exploiteurs. C'est dommage, car il y a dans le peuple espagnol des ressources d'activité, d'intelligence, d'héroïsme, qui en feraient bien vite, si elles étaient utilisées, l'un des premiers peuples de la race latine.

# SEPTIÈME LETTRE

## LE MINISTÈRE

A moins de changement, chose brusque en Espagne et que souvent rien ne donne à prévoir, vous allez trouver à la tête de la nation le gouvernement de M. Canovas, qui semble éternel aux Espagnols, et pour cause. Je n'aurais qu'à vous répéter ce que je vous ai dit dans mes lettres sur la société de Berlin, pour vous donner une idée très nette du ministère ultra-conservateur. M. Canovas est un Bismarck « à la petite main »; son ministère est une agglomération de fonctionnaires qui, pour le public, possèdent des portefeuilles, mais qui ne sont, pour M. Canovas del Castillo, que des employés supérieurs ayant un peu plus de responsabilité que leurs sous-ordres.

Du chef du ministère, je vous parlerai dans ma prochaine lettre : « M. Canovas et son parti. » Passons en revue ses collègues; ce ne sera pas long.

M. Villaverde était, avant de succéder à M. Romero Robledo, le préfet à *poigne* de Madrid. Il avait commandé les sergents de ville qui massacraient les étudiants et mettaient à la raison sans douceur les femmes révoltées à la fabrique de tabac; il avait courageusement soutenu le feu des cailloux et des pommes de terre qui pleuvaient sur lui. M. Villaverde, qui est un homme jeune, n'a pas eu l'éclipse de vaillance qui s'est déclarée comme un accès de folie chez M. Romero Robledo, lequel, par peur du choléra, a quitté la place et abandonné son poste. L'ancien préfet de Madrid est allé dans les contrées les plus éprouvées par le fléau, affrontant avec héroïsme les dangers de l'épidémie. Il serait impossible de ne pas rendre hommage à un tel caractère. Ancien démocrate de l'école de Zorrilla, ambitieux s'il en fut, il a saisi la balle au bond et profité de sa popularité parmi les siens pour devenir ministre de l'intérieur.

Du temps de M. Romero, ce ministère était le foyer lumineux de la politique conservatrice. M. Villaverde n'y apporte qu'une politique personnelle se traduisant ainsi : battre le fer pendant qu'il est chaud ; c'est peut-être insuffisant pour exercer une influence aux Cortès.

Le portefeuille des affaires étrangères, devenu important depuis l'incident des Carolines, a pour titulaire M. Elduayen, créé par le roi Alphonse marquis del Pazo de la Merced. M. Elduayen était un fort mauvais ingénieur ; il entra dans la politique, fut tour à tour *moderado, unionista, disidente* avec M. Rios Rosas. Lors de la révolution, il passait à la Chambre pour conservateur, mais il quitta son parti, reçut en vrai renégat un portefeuille comme prix de sa volte-face, et fut ministre des finances du roi Amédée. M. Elduayen et M. Manuel Silvela sont les deux hommes qui ont le plus souvent renié leurs opinions en

Espagne; ils ont usé de tous les partis, sans jamais s'attacher à aucune cause. Le ministre des affaires étrangères est universellement détesté, mal vu du corps diplomatique à cause de son caractère violent; archi-millionnaire et enrichi par des intrigues de chemins de fer qui ont été ruineuses pour tout le monde; égoïste et mauvaise tête, ayant une très jolie femme qu'il néglige et une charmante belle-sœur dont il subit exagérément l'influence. La négociation du conflit hispano-allemand a été bien vite reprise par M. Canovas, qui la voyait en danger dans les mains de son collègue. L'impopularité de M. Elduayen l'amuse au lieu de l'avertir, et comme c'est un homme important du parti conservateur, il est à supposer qu'il gardera son poste, quelles que soient ses fautes. Son beau-frère Manuel del Palacio, dont les *Sonnets* satiriques contre la reine Isabelle furent un événement à Madrid et un grand scandale à la cour, s'est vu, il y a un an, de par l'intérêt que son beau-frère porte à sa femme, nommé ministre du Roi à Montevideo. Par suite du même intérêt, le poète est rappelé à Madrid, à la *secretaria de Estado,* pour assister au baptême de son futur nouveau-né. Le népotisme de M. Elduayen restera légendaire. Il a lésé les droits de tous ses subordonnés au profit de freluquets flatteurs qui le comblent de cadeaux.

Le ministre des finances est un ancien rédacteur de la *Epoca*, M. Cos-Gayon ; sa gestion n'a pas été heureuse. Les finances d'ailleurs sont toujours les mêmes en Espagne : pas d'argent, déficit sur déficit, emprunts aux banques, qui se chargent de percevoir les impôts avec l'aide de la gendarmerie, projets sur projets pour l'unification de la dette, futur équilibre du budget que la presse ministérielle et surtout la *Epoca* annoncent chaque soir : voilà le bilan de M. Cos-Gayon.

Le maréchal Quesada, ministre de la guerre, est une grande figure décorative. Les généraux Martinez Campos, Lopez Dominguez, Jovellar, ont laissé des traces de leur passage au département de la guerre ; celui-ci n'en laissera pas, on peut en être certain. Je me trompe : en dix-huit mois

il a changé trois fois l'uniforme de l'armée. Après
avoir commandé en chef l'armée du Nord, il s'est
établi dans l'ancien palais de Godoy, uniquement
pour y être, en vertu d'un ordre de M. Canovas.
L'armée ne l'aime pas, c'est tout ce qu'il y a à
dire du maréchal Quesada.

M. Francisco Silvela, frère de M. Manuel Silvela naguère ambassadeur d'Espagne à Paris, est
beaucoup plus sérieux, beaucoup plus loyal, beaucoup plus digne, beaucoup moins poseur que son
aîné. C'est l'homme qui a le plus de valeur après
M. Canovas, et avec M. Pidal, dans le ministère.
Talent hors ligne, d'une intégrité universellement
reconnue, écrivain de mérite, le parti conservateur
n'a pas de membre plus distingué parmi les jeunes.
Son influence est d'un grand poids dans les conseils du gouvernement, et plus d'une fois ses dis-
sidences avec le ministre de *Fomento*, notamment
dans la grande question de l'instruction publique,
ont mis le ministère en danger. Du jour où M. Silvela cadet suivra son frère dans l'opposition, où
sa place est de plus en plus marquée, la crise sera

inévitable. M. Francisco Silvela est l'une des grandes puissances du parti conservateur. Le clergé et la magistrature n'ont pas à se plaindre d'un chef dont l'honnêteté et l'austérité sont devenues proverbiales. Il a épousé la fille du marquis de Loring, grand financier, très attaché au parti actuellement au pouvoir, et la fortune est venue, avec les honneurs, chercher un homme qui mérite les deux. Les Loring sont une famille de négociants de Malaga, patrie de M. Canovas.

Si le Pape est le représentant de Dieu sur la terre, M. Pidal, ministre de *Fomento*, est le représentant du Pape en Espagne. Jeune, fougueux, sa valeur est incontestable ; orateur brillant, d'une famille d'hommes politiques, M. Pidal a, dès l'adolescence, fait partie de la jeunesse catholique, fourmilière de carlistes et de réactionnaires élégants.

Dès qu'il eut l'âge exigé, il fut député, et Castelar prenait plaisir à discuter avec cet adversaire aussi éloquent que sympathique, malgré ses idées d'un autre temps. Son avènement au ministère a été considéré comme une transaction avec le carlisme et une nouvelle évolution du gouvernement dans le sens clérical.

M. Pidal a eu le tort de légiférer sur l'instruction publique. Ses lois remontent à l'Inquisition ; mais l'opinion publique a conscience qu'on ne revient pas impunément en arrière et que le retour sera de courte durée. On rit de l'application de cette législation, on raille le jeune Torquemada, et les caricatures pleuvent de toutes parts ; il ne s'en émeut guère, poursuit son chemin, favorise ouvertement les carlistes ralliés (appelés *mestizos*) et les cléricaux, les met hardiment à la tête des plus hauts emplois de l'État. M. Canovas a trouvé un aide formidable, mais qui souffle de plus en plus la haine entre les deux grands partis de l'Espagne, libéraux et cléricaux.

Reste le ministre des colonies, — de *Ultramar*, pour l'appeler de son vrai nom, — M. le comte de Tejada de Valdoseras. Au temps de la République, on nomma ministre des finances un M. Pedregal, inconnu au peuple. Le lendemain apparurent, sur tous les murs de Madrid, de grandes affiches avec

ces mots : « Qui est Pedregal? » Pendant deux
mois ce fut la *scie* à la mode. Il me semble qu'une
reproduction de cette plaisanterie pourrait se faire
à propos de M. Tejada de Valdoseras. C'est un de
ces ministres que l'omnipotence de M. Canovas a
créés de toutes pièces, un soir, dans la *tertulia* de
la vénérable duchesse douairière de Rivas, et sur
sa recommandation.

— Prenez donc Tejada, lui dit la duchesse, la
veille de la constitution du ministère.

— Pourquoi Tejada? dit Canovas.

— Pourquoi pas? répliqua la duchesse.

— Au fait, je l'aime autant qu'un autre, et vous
pouvez dire à votre recommandé qu'il sera ministre demain.

Voilà comment l'ex-*joven aprovechado* change
ou choisit ses collègues. On s'attend toujours à
voir M. Canovas nommer un matin Ramon, son
valet de chambre, lequel mérite bien la célébrité
qu'il a à Madrid, puisqu'il sert son maître depuis
vingt ans, — ce qui paraît incroyable.

# HUITIÈME LETTRE

## M. CANOVAS ET SON PARTI

M. Canovas n'a pas grande mine. C'est un homme de taille moyenne, laid, peu sympathique ; il louche et a la figure commune. Caractère violent, tout le monde le craint et sa mauvaise humeur est devenue célèbre.

Mais, sauf Castelar et Martos ses amis de jeunesse, il n'y a pas d'orateur plus admirable en Espagne : littérateur, historien, critique, son érudition est extraordinaire. M. Canovas est l'une des personnalités les plus remarquables, non seulement d'Espagne, mais d'Europe.

Malheureusement pour lui, ses idées étroites, arriérées, son dédain pour tout le monde, l'ont rendu très impopulaire dans un pays où la fierté et l'indépendance sont les qualités constantes. L'Espagnol se révolte contre toute morgue, contre toute tyrannie; or, pour M. Canovas, les hommes ne sont que des êtres inférieurs et, comme tels, méprisables.

Depuis les ministres ses collègues jusqu'au dernier employé de l'administration, tout conser vateur est traité par M. Canovas en client, en esclave. A force de dominer, il en est arrivé à être regardé par les siens, non comme un chef de parti, mais comme un homme d'une essence supérieure, comme le dieu de la politique.

Très matinal, chose rare à Madrid, et grand travailleur, il est d'une activité extraordinaire. Il commande en Jupiter, de son Olympe de la Présidence ou de son troisième étage de la rue de Fuencarral. Son intérieur est modeste ; sans les cadeaux artistiques qui relèvent l'appartement, il aurait conservé la simplicité du logement d'un homme de lettres. Sa bibliothèque est très riche, les livres anciens y abondent; M. Canovas est un bibliophile passionné.

Le président du conseil parle très vite, comme un homme toujours pressé. Il ne donne à personne plus de temps qu'il n'en faut pour exposer une affaire; au premier coup d'œil, au premier mot, il connaît son homme et le domine.

A ses éminentes qualités d'orateur et d'artiste, il joint, ou du moins il joignait, une grande habileté politique; les derniers événements ont prouvé que M. Canovas et M. de Bismarck font la paire. Malgré la coalition des oppositions pour le renverser, il sait se maintenir au pouvoir, affrontant l'impopularité d'en bas et les plaintes d'en haut, s'il est vrai, comme on le dit, que le Roi le supporte sans l'aimer.

Toujours recherché par la haute société de Madrid, qui le considère comme le seul homme de l'Espagne et qui lui a donné le sobriquet de « monstre », il consacre sa journée aux affaires de l'État et le soir au grand monde. Ordinairement

il dîne en ville, et, à partir de 6 heures du soir,
ce n'est plus le même homme. Souriant, causeur
charmant, il est partout entouré de dames, de diplomates, de savants, qui répètent le lendemain le
dernier mot heureux du président, lequel ne fait
pas mentir l'axiome de Pascal : « Diseur de bons
mots, mauvais caractère. »

A la cour, sauf l'infante Isabelle, on ne l'aime
guère. A une certaine époque on prêtait au président du conseil l'ambition d'un mariage princier ;
mais on avait certainement tort, car parmi les
rares qualités du « monstre » on peut citer sa
modestie. Il n'oublie jamais son humble origine,
et même il s'en vante. Décoré de tous les ordres
du monde, ayant pu se faire donner tous les titres,
il est resté faiseur de personnages, comme War-
wick était faiseur de rois.

Son rôle politique, quoique funeste à la monarchie, a été bien rempli. Il a fait avec habileté tout
ce qu'il pouvait faire pour retourner au temps de
Ferdinand VII; mais, dans un pays demi-carliste
et demi-républicain, il était impossible à un mi-

nistre constitutionnel de réaliser le rêve du carlisme, et, en l'évoquant, M. Canovas écartait d'autant plus Alphonse XII des républicains : il donnait
à leur programme libéral tout l'avantage que les
libéraux dynastiques auraient pu lui retirer.

Implacable, plus énergique que les généraux
dont l'Espagne est l'éternelle victime, M. Canovas
a gouverné en homme convaincu de l'excellence de
l'institution monarchique, se souciant parfois fort
peu du monarque. Sa main de fer, qui lui a valu
la haine du pays libéral, n'en a pas moins soumis
pour un temps les carlistes ; il a divisé très habilement les républicains. Il a donné à l'Espagne
dix ans de paix factice, mais enfin il les a donnés.
Aveugle et entêté, il a toujours refusé d'entendre
les prudents conseils des conservateurs sincèrement
libéraux, comme Francisco Silvela et Toreno. Sous
son gouvernement les partis extrêmes ont été
poursuivis avec acharnement, la presse tyrannisée.

Vous allez me reprocher de prendre, en Espagne,
parti pour l'opposition. Je ne m'en défends pas.
Je suis libéral en Espagne, et j'aurais voulu voir

la reine Isabelle le devenir, de même que je regrette de voir le roi Alphonse ne pas l'être.

M. Canovas a donc appliqué le système conservateur dans toute sa beauté, avec la puissance
colossale dont il dispose.

C'est un homme politique loyal, incapable de
dissimulation, mais incapable aussi de transactions. Avec son talent, sa valeur exceptionnelle,
M. Canovas, moins réactionnaire, aurait pu gal-
vaniser plus longtemps son parti, que son manque
de souplesse a désorganisé. Les militaires fusillés
après la première conspiration découverte, le mas-
sacre des étudiants, la guerre sans merci aux
journaux, lui ont beaucoup nui dans l'opinion des
siens eux-mêmes, et l'on commence à dire que sa
puissance intellectuelle décline. Il vit, en somme,
trop isolé ; malgré l'apparence de ses goûts mondains, il n'a pas d'intimes, pas d'entourage, pas
de groupe ; il fait le vide autour de lui, agissant
toujours par lui seul, sans consulter personne,
sans échanger une pensée sérieuse avec qui que
ce soit, méprisant toujours les hommes et n'ad-

mettant pas qu'on lui dispute une part de sa personnalité. Il ne lui restera bientôt que les flatteurs
et les parasites, qui ont de tout temps afflué autour de ceux qui gouvernent.

L'ancien ministre de l'intérieur, M. Romero Robledo, s'était chargé, dès les premiers jours de la
Restauration, d'enguirlander le parti conservateur;
il a été de moitié avec l'homme dont il a pu être
l'ami, — le seul je crois, — avec M. Canovas, dans
les efforts qu'a faits celui-ci pour créer une situation conservatrice, un vrai trompe-l'œil politique
très adroitement préparé. Nul n'est plus fin, plus
souple, plus habile, plus malin, que M. Romero
Robledo ; né pour être ministre, c'est lui qui a fait
vivre le parti conservateur, malgré les difficultés
créées par le caractère infernal de M. Canovas.
Ancien révolutionnaire, politicien comme d'autres
sont médecins, épiciers ou balayeurs, il a fait de
la politique une profession menant à la fortune.
Éclectique, il a pris dans tous les partis les jeunes
hommes ambitieux et les a réunis sous le drapeau
commun de l'ambition. Sa coterie est une force

imposante ; on appelle ceux qui la composent « les hussards ». M. Romero a bien toutes les qualités d'un chef en campagne, et ceux qui lui obéissent le font en soldats disciplinés. Sans lui, le ministère de la Restauration n'aurait pas eu de vrai parti. Qu'était le parti personnel de M. Canovas trois mois avant le *pronunciamiento* de Sagunto ? Rien. Qu'a-t-il été par les manœuvres de M. Romero ? Tout.

M. Romero Robledo avait fait brillamment, comme révolutionnaire, ses premières armes en 1868. Plus tard il fut ministre d'Amédée. Enfin il s'affilia au parti alphonsiste la veille du succès et décida de l'avenir gouvernemental du règne d'Alphonse XII.

Incomparable comme faiseur de Parlements, il apporta à M. Canovas une majorité imposante. C'est lui qui a soutenu le poids de la politique durant les six dernières années de la Restauration. C'est son activité, son adresse, qui ont suppléé au manque d'entregent de M. Canovas ; c'est à lui qu'est due la gloire du président du conseil, car il a été l'âme de la situation canoviste. Entièrement sympathique, malgré son système funeste d'acheter les hommes comme on achète des moutons et son manque de courage devant les épidémies, il n'en a pas moins étayé, consolidé, un état de choses que l'orgueil satanique de M. Canovas eût cent fois fait crouler. On dit de lui qu'il est le serviteur de toutes les causes, pourvu qu'il en ait la gestion. Dans la politique, surtout dans la politique conservatrice, il faut des hommes comme M. Romero, trouvant aisément que la fin justifie les moyens, énergiques, ambitieux, toujours sur la brèche, opposant leurs qualités à l'action envahissante des partis extrêmes.

S'il est vrai, comme on le dit, qu'il soit brouillé, après tant d'autres, avec le « Dieu » de la rue d'Alcala, le parti canoviste appréciera bientôt les conséquences de cette brouille, car M. Romero Robledo est bien une nature espagnole : inappréciable dans l'amitié, redoutable dans la guerre.

Vivant toujours au milieu des innombrables relations que la munificence officielle lui a values,

marié à la fille du richissime Cubain M. Zulueta,
M. Romero est de ceux qui ont le double avantage
d'aider à la destinée et de voir le bien leur venir
en dormant. Il n'y a pas un homme au monde
qui compte plus d'amis personnels, et c'est grâce
à eux qu'il s'impose toujours avec une habileté
merveilleuse. S'il a l'intention de rentrer dans les
bonnes grâces de la Révolution sa mère, il saura
s'y prendre de façon à n'être pas repoussé.

Faites, le plus tôt que vous pourrez, la connaissance de M. Manuel Silvela. M. Manuel Silvela, quoiqu'il n'ait pas la supériorité de son
frère, est un des leaders du parti conservateur; on
ne le compte dans l'opposition que lorsqu'il n'est
pas ministre. Ambitieux plus qu'habile, il a été
ministre radical avec Prim, ministre conservateur
avec Canovas et déjà, pensant à l'avenir, il a fait
enrôler son fils aîné dans le parti Sagasta. Quiconque ne le flatte pas est son ennemi; quiconque
ne l'admire pas, son adversaire. Il est avare,
égoïste, et hélas! fort peu soigné de sa personne.
Sa mère était et est encore appelée la *mère des*

*Gracques.* Manuel est un *Gracque gros,* Francisco
un *Gracque grand.* Parisien de naissance, Espagnol de race, il est l'un des premiers avocats de
Madrid ; à la fois sénateur, académicien, ambassadeur, grand'croix de la plupart des ordres étrangers, c'est une grande, très grande personnalité et
le plus éclectique des conservateurs. Littérateur
éminent, il avait son siège désigné à l'Académie.

M^me Manuel Silvela est une épouse parfaite. Mère
de six enfants, elle entoure son mari des soins
les plus touchants et lui a voué une admiration
sans limites. Chef d'une famille où la vertu est héréditaire, M. Manuel Silvela est un homme heureux.

Le comte Toreno a rendu un grand service au
Roi en désagrégeant l'ancien parti modéré, dont le
comte de Cheste était le représentant comique, se
mettant à genoux devant le Roi lors du retour d'Alphonse XII en Espagne. Toreno, qui a ses petites
entrées au palais, — sa sœur, la comtesse de Superunda, est grande maîtresse de la maison de
l'infante Isabelle, — ne s'est jamais prévalu de
cet avantage pour élargir sa carrière. Son esprit

libéral l'a éloigné de la coterie des flatteurs de
M. Canovas. Il pourrait être, à l'occasion, un
successeur du président actuel, et viendrait pour
adoucir la situation créée par ses anciens amis.
Ex-président des Cortès, ex-ministre des travaux
publics, appartenant à une famille noble où l'illus-
tration est un héritage, cet homme politique avait
sa place marquée, l'une des premières, dans un
parti jadis solide et maintenant vermoulu.

M. de Cardenas, actuellement ambassadeur d'Espagne à Paris, ancien tuteur de l'infante Isabelle,
ancien ambassadeur à Rome, est aussi l'une des
sommités du parti conservateur. Comme ministre
de la justice, et en relations très intimes avec le
Saint-Père, il serait mieux placé dans sa situation
précédente que dans celle d'aujourd'hui : son rôle
nouveau ne peut lui plaire. Clérical détestant la
République, on comprend difficilement comment il
a pu accepter un poste qui eût convenu davantage
à quelque conservateur plus modéré. M. de Cardenas était ministre de la justice dans le ministère-
régence qui, par un simple décret, supprima et

déclara nuls les mariages contractés civilement en
Espagne. Paris n'est pas Madrid, et M. de Cardenas
ne doit pas se trouver à l'aise dans une ville tapa-
geuse et mondaine, lui l'homme des traditions
vieillies. Très gourmet, il avait à Rome une table
célèbre; à Paris, on se demande s'il y a une ambassade d'Espagne. M. de Cardenas, qui doit quelque
jour reprendre possession de son portefeuille, a
certainement la nostalgie de Madrid. En tous cas,
il a la nostalgie de Rome, la ville sacrée. L'ambassadeur d'Espagne à Paris est un homme éminent,
sérieux, fort respecté parmi les siens; mais ce
n'est point un ambassadeur; c'est un loir : il di-
gère en dormant et ronfle au lieu de causer.

Encore un ambassadeur, doublé d'un académicien, dont l'influence dans son parti est considérable. Je veux parler du marquis de Molins, un
modéré de la vieille garde. Représentant de la
noblesse conservatrice, président de l'Académie
espagnole jusqu'à son départ pour la France et
l'Italie, c'est un littérateur classique, et son salon
à Madrid est le rendez-vous des sommités litté-

raires. Absolument dévoué à M. Canovas, il ne lui créera jamais une difficulté et se sacrifierait au besoin pour prouver l'attachement de l'aristocratie aux principes que soutient le président du conseil.

Quand je vous ai parlé du ministère, je vous ai montré l'importance de MM. Pidal et Silvela cadet. Je n'ai rien à reprendre à mon jugement; j'ai, au contraire, à y ajouter en vous faisant remarquer, une fois de plus, l'influence exercée par ces deux « jeunes » de la politique dans les combinaisons ministérielles.

J'aurais grand'peine à vous nommer les soutiens et les adeptes du président qui ont plus ou moins figuré, dans ces derniers temps, à côté du « monstre ». Ils sont plus nombreux que choisis, et l'on ne peut dire, en vérité, qu'ils forment un parti : ce ne sont que les créatures d'un chef absolu. Les vraies sommités dont je viens de vous entretenir sont presque toutes séparées de leur ancien ami, car M. Canovas a l'art d'éloigner de lui quiconque a une valeur réelle. Quelques hommes de vrai mérite lui restent par scrupule, mais ils s'écartent

7

un à un. M. Canovas s'en moque et ne s'en inquiète nullement : lui seul et c'est assez ! A chaque crise partielle, il improvise un ministre et vit satisfait, entouré de ces écoliers de la politique, se disant que « faute de bœufs on laboure avec des ânes ».

# NEUVIÈME LETTRE

## M. SAGASTA ET LES LIBÉRAUX DYNASTIQUES

Ne trouvez-vous pas que la chose la plus extraordinaire dans l'histoire, c'est combien peu l'expérience profite aux rois? Il semble que plus on regarde de haut, mieux on doive dominer l'ensemble
des faits; c'est le contraire qui arrive. Le roi
Alphonse ne pourrait, en vérité, se plaindre si la
situation de 1868 venait à se reproduire, puisqu'il
en accumule lui-même les éléments. Il est incontestable, et don Alphonse l'a reconnu tout le
premier à certaines heures, que si sa mère avait
appelé à temps les libéraux, elle pouvait gouverner

encore bien longtemps. Et que fait le roi Alphonse aujourd'hui? Il gouverne avec les conservateurs !

Je vous demande pardon de cet exorde à la Sancho Pança, mais rien ne m'afflige comme l'aveuglement.

Les progressistes pourtant avaient bien mérité le pouvoir. La dynastie ne pouvait ambitionner d'avoir pour partisan un homme plus sincèrement libéral que M. Sagasta, mille fois plus conciliant que M. Canovas, et doué d'assez d'habileté politique pour ménager les oppositions républicaines parmi lesquelles luttent ses anciens amis. M. Sagasta est un homme d'État très adroit, aimable, pratique, connaissant les besoins de son époque et croyant sincèrement que, de même qu'en Angleterre, en Belgique, en Italie, on peut acclimater une monarchie constitutionnelle en Espagne. Je suis de son avis. Le peuple est travailleur, un peu indifférent lorsque rien ne l'excite, et supporte très longtemps un ministère dont il ne raffole pas, mais qu'il préfère à la guerre civile. Ancien révolutionnaire, habitué au pouvoir qu'il a tenu en main par intervalles depuis 1868 ; dévoué aux siens, entouré de coreligionnaires importants et disciplinés, M. Sagasta eut, au début de la restauration, l'abnégation de croire une gauche indispensable à la monarchie. Sans lui, le Roi eût été tout simplement le chef du parti canoviste, et le trône doit lui savoir gré de l'immense service qu'il lui a rendu.

Mais une fois la « rougeole » passée, selon le mot de l'infante Isabelle, Alphonse XII s'est refusé à faire ce qu'on appelle le tour pacifique des partis, et les services de M. Sagasta ont été payés par le billet qu'avait La Châtre.

Remarquez, je vous prie, quelle loi singulière préside aux actes des Bourbons d'Espagne : naïveté ou entêtement, on ne sait quel terme choisir pour qualifier leur conduite. Ferdinand VII fait une guerre acharnée aux hommes de l'an XII, qui avaient soulevé la nation pour le délivrer de sa captivité de Bayonne. Cristina et sa fille Isabelle II répudient Espartero et l'immense parti progressiste qui, après sept ans de guerre civile, les maintiennent sur le trône. Alphonse XII se livre à

tout ce qui représente la réaction, écarte les seuls
politiques qui pourraient assurer la durée de son
régime. Les libéraux dynastiques, destinés à jouer
un grand rôle, finiront par s'éloigner complètement, et, de même que le maréchal Serrano en
1868, ils deviendront l'élément conservateur de la
seconde révolution d'Espagne.

Le parti dont M. Sagasta est le chef compte
dans son sein les hommes les plus estimables du
parti monarchique. Ses généraux, les maréchaux
Concha, Martinez Campos et Jovellar, sont très
influents dans l'armée; le général Salamanca,
dont le nom a fait tant de bruit à propos de
l'affaire des Carolines, est un ennemi que le Roi
devrait ménager : il est tout près de s'entendre
avec les révolutionnaires, et alors ç'en sera fait de
la monarchie, la révolution, pour éclater, n'ayant
plus qu'à s'adjoindre un général populaire. M. Salamanca, depuis le renvoi des insignes de l'Aigle
rouge au Kronprinz et son attitude le soir de la
manifestation anti-allemande, est devenu le héros de l'Espagne.

La noblesse est représentée, dans le parti Sagasta, par le duc de Fernan-Nuñez, le comte de Xiquena, le duc d'Albe, le marquis de Sardoal, fils aîné et héritier du duc d'Abrantès, et d'autres encore, non moins grands seigneurs que les précédents. M. Sagasta s'est emparé de tous les éléments libéraux des grandes familles, et les hommes politiques qui l'entourent, Gonzalez, Leon y Castillo, Nuñez de Arce, Albareda, Gullon, Camacho, Alonso Martinez, Vega de Armijo, sont l'élite du parti constitutionnel.

Dans la gauche dynastique, en dissidence avec M. Sagasta sur certaines questions, on compte le maréchal Serrano, le général Lopez Dominguez et tous ou presque tous les démocrates ralliés à la royauté; mais ils croient, comme M. Sagasta, que la liberté dans la monarchie est la seule solution possible aux conflits intérieurs.

J'ai parlé tout à l'heure du général Salamanca; je tiens à vous renseigner sur cette personnalité redoutable. La comtesse de Campo Alange, sa mère, morte aujourd'hui, était la femme la plus spirituelle de l'Europe et disait de lui des choses étonnantes, car elle était royaliste de vieille roche. Jamais mère et fils ne s'entendirent moins. « Il est venu au monde malgré moi, » s'écria-t-elle un jour. « Ne parlez pas ainsi de votre fils, lui disait un courtisan; il est le fruit de vos entrailles. — Comme le ver solitaire, » répondit-elle.

Le général Salamanca a fait sa carrière péniblement, pas à pas, jusqu'au grade de lieutenant-colonel; de colonel à lieutenant-général, il a rattrapé le temps perdu; et il ira loin, je vous assure, car il marche toujours droit à son but. Rien ne l'arrête. Pas de courbes qu'il ne coupe, pas de barrières qu'il ne saute. Salamanca est un brave, un véritable Espagnol. La diplomatie est une science dont il ignore le premier mot. Il dit haut ce qu'il pense et pense sincèrement tout ce qu'il dit. A-t-il de l'instruction? Vaut-il quelque chose comme stratégiste? Je n'en sais rien. Pour moi, c'est un *guerrillero* modèle. Il possède une qualité qui vaut de l'or, surtout en Espagne : il est administrateur admirable et le plus honnête des hommes. Sagasta lui réserve le portefeuille de la guerre ; si je pouvais donner un conseil a ce cher don Praxedès, je lui conseillerais de nommer Salamanca ministre des finances ; son honnêteté et son ordre seraient là bien nécessaires.

Son passage à l'administration militaire a montré la force et la lucidité de son esprit pratique.

Salamanca a tellement amélioré le sort de l'officier, en installant des fourneaux économiques et des pharmacies à bas prix, que l'armée subalterne le regarde comme son bienfaiteur. Au Congrès, ses discours, froids et terribles, ouvrent toujours des brèches dans le camp ennemi. Ambitieux, on sent courir dans ses veines le sang royaliste et le sang du peuple ; il est parvenu à jouer l'un des premiers rôles dans la société politique espagnole. En Espagne plus qu'ailleurs on aime les hommes hardis. Bientôt, si la monarchie continue à dédaigner les ressources conciliantes de l'esprit de M. Sagasta, l'influence du général Salamanca se fera sentir parmi le peuple ; et une fois la foule soulevée, qui peut l'arrêter ?

Le général Salamanca attend son heure, qui est celle de l'avenir. Son *home* de la place Bilbao est le rendez-vous des esprits libéraux, tandis que le troisième étage de la rue Fuencarral, où cependant on trouve l'accueil le plus charmant, commence à devenir solitaire.

# DIXIÈME LETTRE

## LE CARLISME ET DON CARLOS

Mon jeune ami, je vous ménage ici une sur-
prise. Comme j'étais peu au courant du mouvement carliste, et que je ne connais pas don Carlos, j'ai écrit au prince de Valori pour obtenir de
lui des renseignements. Je ne puis mieux faire
que de vous envoyer sa réponse; il me serait impossible de vous donner des impressions aussi
complètes que celles que vous trouverez dans sa
lettre. La voici donc.

« Un des faits les plus surprenants de l'histoire

de ce siècle, mon cher comte, c'est la constance, la
fidélité des provinces du nord de l'Espagne à la
cause carliste. On a vu les Stuarts, les Vasa, stimu-
ler le zèle de leurs partisans, et les Jacobites, les
Dalécarliens les suivre; le jour où il n'y a plus eu de
Stuarts et de Vasa, les opposants ont disparu. La
race de don Carlos n'existerait plus, que les Espagnols du Nord resteraient carlistes. Dans un temps
où l'indifférence politique gagne peu à peu les
rois comme les peuples; où, à force de courir les
grands chemins, les majestés ont perdu leur
prestige, ceci mérite d'être signalé. Le carlisme
est à l'état permanent en Espagne. Les gouvernements qui se sont succédé dans la capitale
des aînés de Philippe V ont dû en tenir compte,
sans aller se briser contre une impossibilité :
celle de faire disparaître un élément fondamental,
essentiel, de la nationalité espagnole. Les carlistes
sont, au bout de douze siècles, les ayant-cause,
les représentants des compagnons de Pélage. Ils
sont les gardiens héréditaires du feu sacré : le feu
de la religion, des libertés de leur patrie. S'ils

s'appellent carlistes aujourd'hui, c'est qu'ils ont
vu à l'œuvre les deux Carlos. Ils ont fait à l'aïeul
et au petit-fils l'honneur immortel de prendre leur
nom. Charles V et Charles VII les ont baptisés,
l'épée au poing, au baptistère de cent combats.

« Quand vous descendez le Grand Canal, à Venise, et que vous arrivez à hauteur de la fabrique de
Salviati, vous avez à votre droite le palais Cavalli,
à votre gauche le palais Loredan : Henri V en
face de don Carlos. Car il ne déplaît pas à Dieu,
lorsqu'il veut éclairer l'histoire, de prendre pour
fanal la majesté proscrite. Des fenêtres du Loredan, don Carlos adolescent apercevait, au balcon
du Cavalli, une jeune fille blonde : c'était la nièce
du comte de Chambord, Marguerite de Bourbon
et de Parme. Il l'épousa. Il en eut quatre enfants,
trois filles et un fils. Le fils, don Jaïme, va avoir
quinze ans. Quelles que soient les vicissitudes
que la Providence réserve à l'Espagne, quels que
soient les destins, cet enfant est prédestiné. Tous
les partis en Espagne sont d'accord sur ce point.

« Au pied de l'escalier du Loredan, deux po-
teaux bariolés de rouge et de jaune, aux couleurs
espagnoles. Les gondoles y sont amarrées : c'est
l'écurie du vainqueur de Lacar, de Montejurra, de
Sommorostro. Il n'a plus son cheval de bataille;
mais quand la lagune est un peu forte, qu'elle est
tumultueuse, qu'elle lui rappelle de loin l'Atlan-
tique ou la Méditerranée, il s'élance dans sa
gondole et, si ses gondoliers lui obéissaient, il aurait perdu la vie dans des courses aventureuses. Il
y a deux ans, il remontait (ce qui ne s'est jamais
vu) la Brenta en gondole, de Venise à Vicence,
passant trois nuits à la belle étoile.

« Pour Venise le palais Loredan est petit; mais
le prince l'a décoré et aménagé avec un goût charmant. La chapelle, où reposent, à droite et à gauche de la Vierge espagnole del Pilar, le drapeau
royal espagnol et le drapeau blanc d'Henri V; le
cabinet des armes, où les drapeaux teints de sang
sont entassés pêle-mêle avec les épées de combat
et les sabres d'honneur; le cabinet indien, où don
Carlos a réuni la précieuse collection amassée aux

Indes, il y a huit mois, sont de véritables sanctuaires voués à la foi, à la vaillance, à l'art. La duchesse de Madrid aime beaucoup Venise; retenue par sa santé à Viarregio, elle vient souvent au Loredan avec ses enfants, élevés au Sacré-Cœur de Florence.

« Les familiers du palais Loredan sont : M. Melgar, chambellan du duc de Madrid, serviteur sans pareil pour l'activité, l'intelligence, le dévouement, l'affection; les généraux Cavero et Ipparaguyray, le vicomte Montserrat.

« Des Français aussi : MM. de Maillé, d'Andigné, de Chardonnet, etc.

« Du temps que le faubourg Saint-Germain, à Paris, s'arrachait don Carlos, le Loredan aurait été trop petit pour recevoir tous les courtisans de l'heure heureuse. Un jour, sans même laisser refroidir le corps du roi leur maître, ils ont découvert, tout à coup, que l'aîné des petits-fils de Louis XIV était un étranger. Ce que c'est que de n'avoir plus besoin de l'oncle!

« Mais laissons ces tristes souvenirs. Qui sait d'ailleurs si plus d'un ne s'en est pas repenti?

Revenons au carlisme et à son héroïque capitaine.

« La bataille de cinq ans livrée par don Carlos est la même que celle livrée pendant sept ans par son aïeul. On y retrouve les mêmes vicissitudes de gloire, de succès et de revers. On y retrouve aussi les mêmes défaillances, les mêmes abandons, les mêmes ingratitudes, les mêmes trahisons. Don Carlos y tient le même drapeau ; il y combat pour le même Dieu, pour les mêmes principes, pour le même droit. L'Europe de 1870 ne changea pas beaucoup dans ses haines ou dans ses sympathies pour la cause carliste. La Prusse et le Piémont passèrent à l'ennemi. La Russie fut toujours fidèle ; l'Autriche persévéra dans les abstractions d'un dévouement peu compromettant. Le monde catholique pria, espéra. Mais le caractère principal de ces deux entreprises est entièrement identique : c'est le patriotisme des deux Carlos. Leurs adversaires ont appelé l'étranger à leur secours ; mieux que cela, ils ont demandé un Hohenzollern et accepté un prince de Savoie ! Lorsque les passions politiques auront diminué d'intensité, la postérité rendra justice à ces deux héros de la croisade espagnole du droit, de la religion, des libertés de leur pays.

« Les Cristinos expédient ambassades sur ambassades pour obtenir l'intervention du gouvernement de Juillet. Cependant, le duc de Broglie s'oppose formellement à l'envoi d'une armée française. M. Thiers, comme le cabinet anglais, tourne la difficulté : on arme et on organise une légion polonaise de dix mille hommes pour combattre à côté de la légion britannique, de dix mille hommes également.

« Or, pendant que l'Angleterre et la France fournissaient subrepticement des centaines de milliers de fusils et de canons, des légions et de l'argent à l'insurrection, que faisait Charles V?

« Je refuse, disait-il, tout secours étranger ; la question est espagnole, elle doit être tranchée par des Espagnols. »

« Le peuple espagnol, qui s'y connaît, comprit le patriotisme de son roi. Pendant sept ans, les légions coalisées de l'insurrection, du Portugal, de

8

la France et de l'Angleterre, ne purent faire capituler sa constance. Il fallut la trahison de Maroto pour décider du sort de l'Espagne. Charles V fut abandonné à Vergara malgré la fidélité de d'Algarra et, dès lors, l'Espagne perdit ses vraies libertés.

« Ne dirait-on pas que cette histoire, vieille de cinquante ans, est celle de la dernière guerre ? Changez les noms propres : au lieu de Maroto, nommez Cabrera ; aux secours fournis par l'Angleterre, substituez les canons Krupp traversant impunément le territoire français ; à la place de M. Thiers, mettez M. Decazes, et le parallèle sera complet.

« Doué, tout jeune, de l'instinct des hommes d'État et des hommes de guerre, don Carlos, dès 1868, tenait les yeux fixés sur les événements qui se déroulaient dans la Péninsule. Il avait l'âme, le patriotisme, la politique de son aïeul. Comme lui il était résolu à ne jamais abdiquer. En dehors de ses droits imprescriptibles, il aimait trop l'Es-

pagne pour ne pas être convaincu que le renver-
sement de la loi de succession au trône, établie
par Philippe V et consentie par les Cortès, occa-
sionnerait des révolutions périodiques de palais,
des *pronunciamientos* d'antichambre et d'alcôve;
— n'ont-elles pas eu de tristes prémices dans les
*pronunciamientos* militaires dont la monarchie de
Christine a fait don à l'Espagne? Il se disait que,
si chaque souverain ou chaque souveraine pouvait
en appeler aux Cortès d'un fils ou d'une fille qui
leur déplairait et changer la loi de famille, il n'y
avait plus qu'à proclamer le règne de l'anarchie.
Pour cela plus n'était besoin de dynastie. Il pensait avec Chateaubriand, ce magnifique amant de
la liberté, « que l'Espagne, où chaque individu
jouit de la plus entière indépendance, où chaque
commune, gouvernée par les lois municipales
d'origine romaine mêlée d'arabe, est une petite
république; que cette nation n'a ni le besoin ni
le sentiment de *libertés artificielles* ». La royauté
carliste ou la république! pas de milieu. C'est
pour cela que don Carlos a arboré hautement

sur son drapeau un écusson où n'existe aucune
brisure : il veut être roi tout de bon, catholique
déclaré « sans épithètes ambiguës et sans réti-
cences ».

« La Providence avait bien choisi le représentant
de la cause de Dieu, du droit et de la liberté en
Espagne. Le petit-fils de Charles V était au phy-
sique ce qu'il était au moral. De haute taille,
de bonne mine, avec un certain air de grandeur
répandu dans toute sa personne, un penchant
particulier à s'adresser aux cœurs et comme un
charme secret dans sa courtoisie ; affable et civil
au delà de tout ce qu'on peut attendre d'un roi ;
craignant toujours de n'être pas assez gracieux ;
descendant du rang suprême sans jamais déroger ;
grave et circonspect sans cesser d'être gai ; souriant et ouvert, tel est le prince calomnié par
ceux qui n'ont pas ses qualités.

« Quand il tira l'épée, il y eut comme un renou-
veau de gloire et de jeune héroïsme dans les Espagnes. Il n'avait qu'à dire à ses compagnons,
comme le soldat d'Israël : « Souvenez-vous des

œuvres qu'ont accomplies vos ancêtres, chacun dans son temps, et vous recevrez une grande gloire et un nom immortel. » Jadis on invoquait l'ombre d'Albuquerque, don Carlos allait évoquer les mânes de Zumalacarreguy et de Charles V.

« Don Carlos est un guerrier, un voyageur, un entreprenant devant Dieu et devant les hommes. Son courage et son activité n'ont d'égale que sa bonté. Il est bon, et cette bonté transpire dans sa courtoisie : elle en est la grâce et le parfum. Il aime l'Espagne. Absent, il ne la quitte jamais. Il aime tous les Espagnols, depuis le roi Alphonse et la reine Isabelle jusqu'au dernier de ses ennemis. C'est là le signe divin qui marque les oints et les élus du Seigneur. A de pareilles hauteurs, le patriotisme et la charité sont vraiment assis sur des trônes. Partout où il a passé, des montagnes de la Navarre aux plateaux de Mexico, de Saint-Pétersbourg à Calcutta et à l'Himalaya, il a laissé des souvenirs divers. Là, l'enthousiasme, ici l'admiration, ailleurs la curiosité; mais toujours la sympathie. Cette sympathie universelle nous donne, à nous qui l'aimons, la consolation et l'espoir. Don Carlos sera un jour l'apaisement, le salut définitif de la noble Espagne.

« Prince de Valori. »

# ONZIÈME LETTRE

CASTELAR, RUIZ ZORRILLA, PI Y MARGALL

L'opposition républicaine se trouve résumée dans les noms placés en tête de cette lettre. Tous les hommes remarquables que je vous citerai au cours de notre causerie, appartiennent aux groupes qui ont pour chefs ces trois puissantes personnalités.

Castelar représente la République gouvernementale, et je vous ai raconté déjà quel événement devient l'annonce d'un de ses discours.

Poëte en prose, cœur d'artiste, nature impressionnable et délicate, apôtre fougueux d'une idée,

Castelar est peut-être le seul républicain auquel on
ne puisse reprocher ni un changement d'opinion,
ni une faiblesse. Il est, aujourd'hui encore, républicain comme il l'était à quinze ans; son œuvre
est admirable, son bagage littéraire splendide.

Étant donné le caractère espagnol, si enthou-
siaste, si amoureux du combat, les républicains
des autres nuances que Castelar eussent voulu
que le charmeur des masses fût pour la conspiration et pour l'avènement révolutionnaire de la
République. Au contraire de Ruiz Zorrilla, dont je
vous parlerai tout à l'heure, Castelar a l'horreur
du sang; il a foi dans l'avenir; il veut que l'idéal
républicain se réalise à l'aide d'arguments et non
par la force; et c'est pourquoi le grand tribun au
pouvoir, s'il doit gouverner, saura toujours, comme
cela s'est déjà passé une fois, rallier les classes
conservatrices.

Inutile de vous dire, ce que vous devinez, qu'il
est aussi populaire en Espagne qu'il est célèbre à
l'étranger. Sa renommée est aussi grande qu'elle
est méritée. Dans sa chaire, au Parlement, à l'Aca-

démie, dans les sociétés savantes, le torrent de son éloquence entraîne amis et ennemis, coreligionnaires et adversaires. On oublie les paroles pour entendre la musique, et l'on prétend qu'il a été plus d'une fois l'objet d'acclamations de la part de foules qui ne comprenaient pas un mot d'espagnol. Allez bien vite l'écouter, causez avec lui ; sa conversation est toujours charmante, et la langue de Cervantes n'a jamais eu d'organe plus admirable, ni d'interprète plus grand.

Son intérieur est confortable, luxueux même. On lui reproche ses goûts aristocratiques, sans voir que, chez lui, ce sont des goûts artistiques : meubles, tableaux, tapisseries, tous ses bibelots semblent choisis par un grand seigneur, tant ils le sont avec un goût parfait. Castelar, quoiqu'il soit en correspondance amicale avec tous les hommes célèbres d'Europe, est patriote jusqu'au chauvinisme. Son esprit chrétien ne s'est pas détaché des traditions religieuses. Il aime à fêter les grandes fêtes de l'Église comme le peuple. Son entourage se compose de toutes les notabilités dans les sciences, dans les arts et dans les lettres.

Très mondain, il aime tout ce qui est élégant, tout ce qu'on peut goûter en connaisseur : les salons, la musique, le théâtre classique. Excepté à la cour et dans quelques familles nobles, où certains préjugés ne peuvent être abandonnés, tous les maîtres de maison dans la société se disputent l'honneur d'avoir à leur table l'orateur national.

Il est célibataire endurci. Le vin, l'amour et le tabac, le jeu et les femmes, rien de ce qui occupe la vie de l'Espagnol ne semble avoir de charmes pour lui. Il s'est entièrement consacré à ses idées politiques, à sa sœur Concha, à ses amis, qu'il conserve comme personne, car personne n'est plus attaché, plus dévoué à ceux que son affection a faits siens. C'est le caractère le plus aimable qu'on puisse rencontrer. Son passage au gouvernement a révélé en lui un homme politique qu'on ne soupçonnait pas, l'opinion l'ayant classé parmi les idéalistes et ne le connaissant alors que comme un orateur incomparable. Arrivé à la présidence de la République dans des circon-

stances terribles, c'est lui qui renoua les bonnes
relations avec Rome, calmant même la haine de
la bourgeoisie ; par lui l'armée dissoute retrouva
la discipline ; c'est à lui qu'appartient la gloire
d'avoir réorganisé l'artillerie.

La célèbre question du *Virginius* fut conduite
par Castelar en diplomate expérimenté, en patriote admirable. Sous son gouvernement, les ré-
formes libérales et les transactions honorables
avec les partis hostiles se succédèrent au profit de
tous ; sans l'attentat de Pavia, peut-être Castelar
serait-il arrivé à fonder une République solide.

Il a eu la preuve, une fois de plus, qu'en politique on n'est jamais trahi que par les siens. Aux
folies d'une Chambre insensée il opposa toute
l'énergie possible, et le discours prononcé par lui
la veille de sa chute est l'un des plus beaux pro-
grammes de gouvernement républicain sérieux
qu'on puisse voir.

Après le coup d'État de l'homme qu'il avait fait
capitaine général de Madrid, Castelar est rentré
dans la vie privée. Depuis, il a écrit son admirable

discours de réception à l'Académie, des souvenirs
de voyages, des lettres publiques aux hommes
d'État, aux littérateurs, aux savants de l'étranger. Malgré l'opposition du gouvernement d'Alphonse XII, il est toujours élu député aux Còrtès
et y continue son œuvre de revendication libérale.
Le Roi, qui aime l'éloquence et la cultive, a une
grande admiration pour Castelar et regrette de ne
pouvoir faire sa connaissance.

En arrivant à Madrid, allez voir l'incomparable
orateur. Inutile de vous réclamer de moi ou de
vous faire présenter : on va chez Castelar comme
on visite, dans toutes les capitales, les hommes qui
honorent leur patrie et qui ne s'irritent pas de
la curiosité ou de l'attrait qu'ils inspirent.

Dans l'ordre des grands ennemis de la monarchie, Ruiz Zorrilla vient avant Castelar ; mais,
comme homme, il serait difficile de lui trouver ou
des infériorités ou des supériorités sur son émule.
Il n'y a entre eux que des contrastes. Vous ne
verrez pas Ruiz Zorrilla à Madrid ; il est exilé depuis onze ans, à cette heure il réside à Londres.

Nature de combattant, caractère opiniâtre, on
le dirait en fer forgé. S'il a passé par les idées
monarchiques, cela ne prouve pas qu'il ait été
royaliste; son adhésion au Roi et à la maison de
Savoie, à qui s'était donnée la nation, représentée
par les Cortès, n'infirme en rien ses idées libérales
et n'a jamais adouci la guerre qu'il a constamment faite aux Bourbons.

Ancien progressiste, révolutionnaire par tempérament, il s'est posé, dès les premiers actes de
la Révolution, en réformateur radical. Son passage
au ministère de l'instruction et des travaux publics
fut marqué par des exécutions de toutes sortes.
Le clergé et son œuvre furent traités en ennemis.
Chaque matin le *Journal officiel* publiait un nouveau décret révolutionnaire. Devenu très populaire
parmi les hommes de la Révolution, aimé des masses, la Restauration l'a surpris, comme tant d'autres, au milieu de démêlés personnels et des défaillances d'un pays en désordre. A partir du jour
où Alphonse XII est entré à Madrid, il a commencé
l'entreprise colossale de reformer son parti, d'or-

ganiser les vastes conspirations dont on ne connaît pas encore les secrets, de créer une opinion anti-bourbonienne qui finira par rendre la royauté impopulaire. Son œuvre est de celles dont la valeur ne se mesure qu'après le succès, car on ne peut se faire une idée de l'activité, de l'énergie, de la vitalité mises par cet homme de fer au service de sa cause. On a beaucoup répété que son exil d'abord, et son expatriation volontaire ensuite, lui ont fait tort, tandis que la popularité de M. Castelar grandissait par l'absence du chef de la Révolution. C'est possible; mais il lui reste un tel prestige, que le jour où il rentrera en Espagne, il n'y a pas de révolution, pas de république, pas de gouvernement possible à reconstituer sans lui. On prétend que, sans le caractère autoritaire de l'exilé de Londres, l'accord serait fait depuis plus de deux ans entre les fractions des partis révolutionnaires et les hommes des anciens partis, qui, à l'exemple de M. Thiers dans les dernières années de l'Empire, disent : « Il n'y a plus qu'à préparer la République. »

On ne peut douter que Ruiz Zorrilla et Castelar

n'oublient un jour leurs divergences pour travailler au but commun. Quand les institutions fon-
damentales de la patrie espagnole seront en cause,
les deux patriotes ne pourront rester désunis.
Ayant la passion de la propagande, Ruiz Zorrilla
dirige de Londres, comme il l'a dirigée de Suisse,
la conspiration républicaine. Il a recueilli les
enfants des militaires fusillés par le gouvernement
du roi Alphonse.

M. Pi y Margall, le chef du parti républicain
intransigeant, que l'on appelle fédéral en Espagne,
est un esprit d'une haute valeur, un vrai savant
doublé d'un homme politique. A un grand talent il
joint toutes les vertus. On l'a nommé l'homme de
glace à cause de sa froideur. M. Pi va droit au but,
avec une énergie terrible que rien n'émeut. Son
passage à la présidence a marqué l'époque des
plus grands désastres de la République. On disait
de lui dans le peuple qu'au ministère il préparait
de haut ce qu'il n'avait pu provoquer comme pro-
pagandiste : un 93 officiel. Aucun acte de M. Pi y
Margall n'autorise cette exagération : il a respecté

une constitution que les masses méprisaient, igno-
rantes qu'elles sont des mesures politiques qui
servent de base gouvernementale aux nations
libres. Ce n'est pas la faute de M. Pi si la première
République a été trop hâtive, donnant raison à
la phrase du grand critique espagnol qui disait
déjà en 1840 : « Il ne faut pas prendre le café
après le potage. »

J'ignore si messieurs les intransigeants espagnols se mettront de la partie dans la prochaine
révolution; mais, il ne faut pas se le dissimuler, ils
forment la presque totalité des républicains dans
les campagnes et, quoique socialistes à cause du
fédéralisme agricole de l'Andalousie, ils ne sont pas
à dédaigner. Dans les circonstances actuelles et
dans l'état de division où sont les partis extrêmes,
l'union seule peut faire la force; mes dernières
nouvelles me prouvent que Zorrilla, Castelar et Pi
sont de cet avis.

Parmi les grandes personnalités du parti républicain espagnol, il faut compter encore MM. Salmeron et Carvajal: le premier, ancien président de

la République; le second, ministre des affaires étrangères avec Castelar; tous les deux respectés et influents, pouvant former un groupe de plus dans le parti républicain, s'ils le voulaient; mais ils préfèrent, paraît-il, associer leurs forces à l'un ou l'autre des groupes existants, plutôt que de les désagréger.

M. Salmeron est un grand philosophe, un vrai Caton, admiré pour ses vertus et son honneur. Rien n'est mieux reconnu, même par ses ennemis. La reine Isabelle l'a fait son avocat à Paris, c'est tout dire. Jurisconsulte éminent, modeste, sévère, homme d'une conscience infaillible, il abandonna la présidence de la République espagnole pour ne pas signer une condamnation à mort. Conservateurs et radicaux respectent un si noble caractère. La Restauration lui avait enlevé sa chaire à l'Université de Madrid, dans laquelle il est aujourd'hui réintégré. Il habite Paris, où il vit comme le plus simple des mortels, rue Rotrou, entouré de sa famille et de quelques amis ou élèves, exilés volontaires comme lui.

Lorsque la reine Isabelle, connaissant sa réputation d'avocat intègre, voulut le charger de ses affaires, Salmeron lui répondit : « Madame, je suis républicain ; je ne serai donc pas le conseil d'une Reine mais d'une cliente espagnole. » Doña Isabel reprit : « M. Salmeron, que vous soyez républicain ou non, cela vous regarde ; j'ai appelé près de moi le plus éminent avocat, le plus honnête homme de l'Espagne. — Madame, répliqua Salmeron, le modeste avocat est à vos ordres. » La mère du Roi, pour la première fois de sa vie, ne tutoya pas un de ses anciens sujets en lui adressant la parole ; et c'est comme cela que le fervent républicain, l'exilé, est entré en relations avec la reine d'Espagne détrônée. Voilà une scène à la Hernani, qui montre bien la noblesse un peu romanesque du caractère espagnol.

M. de Carvajal est un gentleman, parlant avec correction six langues, très lancé dans la haute banque de Madrid.

De temps à autre on le rencontre sur le boulevard, à Paris, venant de Londres ou y allant pour des affaires industrielles, et aussi bien reçu en

Angleterre qu'en France, où il compte de nom-
breuses relations. Talent très fin, orateur hors
ligne, présidant tantôt la section littéraire de
l'Athénée madrilène, tantôt une compagnie de
chemin de fer; c'est une grande personnalité républicaine et son influence dans le parti est incontestable. Il a été un ministre des affaires étrangères
remarquable, dans des circonstances difficiles,
sous la République de Castelar.

J'aurais beau ajouter à la liste des hommes de
la démocratie cent noms encore, que vous seriez
encore incomplètement renseigné.

# DOUZIÈME LETTRE

## LA POLITIQUE ESPAGNOLE

Lorsque j'habitais Madrid, j'ai toujours soutenu que l'Espagne était arriérée d'un siècle, ce qui m'a valu bien des discussions passionnées dans les clubs madrilènes. Oui, un siècle! non pas comme en Russie, où nous en sommes restés au XVIII<sup>e</sup>. L'Espagne est en arrière d'un siècle, mais greffé sur des siècles de ténèbres.

Pendant que l'Europe subissait l'influence et les conséquences de la Révolution française, l'Espagne restait attachée à ses préjugés derrière les Pyrénées, espèce de muraille de la Chine, avec son

Charles IV et son Godoy, n'ayant que son courage pour arrêter l'invasion étrangère. Le monde marchait, elle voulut s'arrêter. C'est à peine si, soixante-quinze ans après la prise de la Bastille, elle sentit passer sur elle un souffle de liberté et goûta de la démocratie.

Comment voulez-vous que sa cour, sa société, ses mœurs, soient d'accord avec les mœurs du continent? Malgré sa noble prétention de figurer parmi les pays modernes, la patrie espagnole relève toujours des traditions de Philippe VI. Son roi se laisse volontiers appeller encore Sa Majesté Catholique, et les journaux de Madrid publient chaque jour la liste des sermons dans quarante églises. En pleine période révolutionnaire, un député a *osé* discuter la divinité, et l'aristocratie, le peuple, à Madrid et en province, ont fait pendant un mois des prières publiques pour dédommager le Ciel d'un tel sacrilège.

Il faut que le Roi soit malade pour manquer un samedi au salut d'Atocha. Le tiers de la nation ne sait pas encore lire, mais elle a la folie de ses taureaux, sa réjouissance nationale, qui alterne avec la publication de la bulle dans les rues de Madrid, au son des cymbales et au nom du pape.

Il ne suffit pas d'avoir une pléiade d'hommes éminents, libéraux sincères, combattants infatigables, qui devancent leur temps, qui risquent leur vie au profit des idées nouvelles. La liberté mille fois évoquée n'a pas encore prise sur les masses, malgré les immenses sacrifices des partis libéraux. C'est pour cela que les pronunciamientos, les conspirations paraissent toujours nécessaires, et pour faire la révolution, et pour faire la monarchie.

Zorrilla, Castelar, Salmeron, Carvajal, Pi et tant d'autres ont vu, par l'abandon de leurs amis, par leur facilité à accepter une monarchie qui se disait libérale, combien peu la liberté est comprise même autour d'eux. En Espagne, les répits à l'absolutisme sont très courts et les réactions sont très longues, ce qui explique la difficulté de faire l'éducation libérale du pays. Il ne sent que le désordre, le trouble, l'agitation, qu'apporte la liberté. Il faut un grand courage pour lutter contre cet état de choses qui, depuis un siècle, fait de l'Espagne le pays le plus malheureux de la terre.

L'Espagnol est fier, indépendant, peu soucieux de son bien, riche dans la gêne; mais il n'a plus comme jadis l'esprit aventureux qui a rendu son nom immortel dans l'histoire. Sa situation géographique le protège souvent contre la guerre, et cependant il est extrêmement patriote. Vous avez vu dernièrement avec quelle noblesse et quelle grandeur il s'est redressé à la seule idée d'un minuscule démembrement de son territoire. Si une puissance étrangère disputait à ce courageux pays un lambeau de son patrimoine national, elle risquerait de provoquer le plus grand mouvement patriotique qui se puisse voir.

Avec un monarque moins jeune, la politique à faire serait celle de l'agrandissement des côtes espagnoles du Maroc et la libération de la forteresse maritime que les Anglais détiennent depuis 1704. Mais de si grandes entreprises exigent de

grands talents, et malgré la prétention de M. Canovas d'être un Bismarck, sa politique s'est bor-
née jusqu'ici à revenir au temps de Charles IV,
à faire de l'Espagne moderne une féodalité conservatrice et à discréditer la dynastie par ses
procédés draconiens.

C'est un beau rêve à réaliser que celui de re-
conquérir Gibraltar, d'aller au Maroc et de fondre
l'Espagne et le Portugal en une république Ibé-
rique. Demandez à Castelar de vous développer
cette idée en son beau langage; vous croirez, à
l'entendre, que ce rêve sera réalisé dans trois mois.

# TREIZIÈME LETTRE

## L'ARMÉE ET LA MARINE

Vous dire, mon jeune ami, que l'armée espagnole est brave, serait une banalité indigne d'un vieux diplomate. L'étendard de Castille s'est promené victorieux sur toute la surface du globe. Sagonte et Numance firent de l'Ibère le premier guerrier du monde ; il imposa sa bravoure à Carthage, à Rome. Les batailles des Ibères, celles de l'Espagnol, sont toujours des épopées. Chaque fois que l'étranger a voulu conquérir le sol sacré de la patrie espagnole, il a fait lever des héros sur son passage. Rodrigue, vaincu à Guadalete, est

vengé par Pélage à Covadonga. Le Castillan
reprend les Asturies aux Maures, et il achève la
conquête de son pays huit siècles plus tard, à
Grenade, avec Isabelle. Christophe Colomb, ba-
foué partout, arrive à Santa-Fé. Isabelle l'écoute,
croit en ses calculs, vend ses bijoux pour armer
une *Caravelle*. Le hardi navigateur génois part,
découvre, et revient de Palos à Barcelone, rappor-
tant un monde à sa protectrice. Quels capitaines
que Fernand Cortez, que les Pizarres ! Quelle superbe folie que la conquête du nouveau continent
par les troupes espagnoles !

Pendant que Cortez brûle ses vaisseaux et fait
de Montezuma un vassal, François I<sup>er</sup> avoue à
Pavie que tout est perdu, fors l'honneur, et le
roi-chevalier, vaincu, habite en prisonnier la tour
de los Lujanes de Madrid ! Cisneros entre à Oran,
à Tunis ; Gonzalve de Cordoue prend Naples ; plus
tard, les *tercios* écrasent les Français à Saint-
Quentin et à Gravelines ; enfin don Juan d'Autriche, à Lépante, remporte la plus belle victoire
navale dont l'histoire fasse mention.

Vaincus, les Espagnols ne sont jamais écrasés.
Si les *tercios* sont battus à Rocroy et jonchent le
champ de bataille, Spinola reprend Bréda. Les
Espagnols luttent sur terre en Hollande, luttent
sur mer avec l'invincible *Armada*, et, contre toute
l'Europe, contre les éléments, assurent le triomphe
d'une idée dont ils sont les premières victimes :
l'intolérance religieuse, qui engendra l'Inquisition.

La race néfaste d'Autriche s'éteint avec Charles II.
Philippe d'Anjou monte sur le trône le plus élevé
du monde. La guerre de succession réveille tous
les héroïsmes. Les Espagnols se battent comme
des lions, les uns pour l'archiduc, les autres pour
Bourbon. Les victoires d'Almanza et de Villavi-
ciosa donnent enfin gain de cause au petit-fils de
Louis XIV. Les malheurs qui commencent alors
pour l'Espagne sont grands. La nouvelle dynastie
s'installe, mais, tout comme celle d'Autriche, elle
reste étrangère au pays qu'elle gouverne et lui
fait perdre, par le traité d'Utrecht, les Flandres,
Naples, la Sicile. L'Espagne, sans le Milanais,

sans le Roussillon, sans la Franche-Comté, sans
ce qui constitue aujourd'hui la Belgique, est ré-
duite à ses frontières naturelles, et si elle conserve l'Amérique, elle perd jusqu'à Gibraltar. Les
deux dynasties venues du dehors ont valu au pays
l'épuisement de ses forces nationales. De 1500 à
1800, l'Espagne a immolé ses fils pour servir des
causes qui lui étaient étrangères, pour sauvegar-
der les intérêts de souverains n'ayant rien de
commun avec Léon, Castille, Aragon, pour rendre
puissants les Habsbourg et les Bourbons.

Charles IV de Bourbon vaut Charles II d'Autriche.

Bonaparte, qui dépose les rois comme on des-
titue un sous-préfet, daigne trouver cette couronne digne de son frère, gendre d'un boutiquier
de Marseille. Il nomme Joseph roi des Espagnes
et des Indes, et ordonne à M$^{lle}$ Clary de couvrir
avec les plis de sa traîne de parvenue provinciale
le trône d'Isabelle la Catholique. Bonaparte croyait
la Péninsule abêtie par le fanatisme; il savait
le trésor vide, la cour à la merci d'un officier

de fortune créé prince pour avoir été de moitié dans l'adultère de la Reine. Lucien, Cabarrus, Beurnonville, avaient même écrit à Paris que l'Espagne n'avait plus d'armée, plus de marine, plus d'hommes, et Napoléon crut que la conquête de « ce pays qui fut pourpre et n'était plus que haillons » serait quelque chose comme une promenade militaire.

Mais le Lazare espagnol, en voyant l'étranger sur son sol, ressuscita; les bataillons sortirent de terre. Les patriotes de Madrid, de Saragosse, de Gérone, de Baylen, prouvèrent au monde que l'Espagne de 1808 était bien l'Ibérie de Sagonte et de Numance. Napoléon fut vaincu.

Alors l'Espagne eut le malheur de se voir gouvernée par le plus monstrueux des hommes, par le plus vil des souverains, par l'infâme, par le lâche Ferdinand VII. Nous savons tous ce que fut ce règne et les conséquences qu'amena la mort de ce misérable couronné. La guerre civile dura sept ans; cristinos et carlistes firent des prodiges de valeur. L'accolade de Vergara termina la campagne; mais Espartero ne réussit pas à rendre la tranquillité à son pays. Depuis 1840, les *pronunciamientos* ont suivi les révolutions et tout fait politique de quelque importance a eu pour base un soulèvement militaire. Le prétorianisme est le plus grand malheur de ce beau pays.

Quand l'armée espagnole s'est battue, partout elle s'est montrée digne d'elle-même. La campagne du Maroc a été un chef-d'œuvre en tant qu'expédition militaire. O'Donnel, Prim, ont été sacrés par l'Europe entière hommes de guerre de premier ordre. En extrême Orient, le corps expéditionnaire espagnol a puissamment aidé la France à la conquête de la Cochinchine.

Dans la dernière guerre civile entre libéraux et carlistes, les correspondants étrangers ont appris aux deux mondes que l'infanterie espagnole reste incomparable, que le soldat espagnol est toujours prêt au combat, toujours gai devant l'ennemi, et aussi brave que le zouave français avant le Mexique.

Mes pérégrinations à travers l'histoire me font

oublier que je dois surtout vous entretenir des
actualités. Eh bien, sachez qu'en comptant le
nombre d'officiers généraux que les Espagnes
possèdent, on se croit transporté dans le grand-
duché de Gérolstein. Jugez-en vous-même.

L'armée espagnole a le bonheur d'être com-
mandée par dix maréchaux, dont trois honoraires
(le roi Alphonse, don Francisco de Asis !!! et le
duc de Montpensier); par cinquante-cinq lieutenants généraux, soixante-seize maréchaux de
camp, cent quatre-vingt-dix-sept brigadiers; il y
a en outre, dûment appointés, dix-huit lieutenants généraux dans les cadres de réserve, trente-
sept maréchaux de camp, cent huit généraux de
brigade et encore neuf brigadiers *retirados* ou
hors de service. Les armes spéciales ont à leur
tour : l'artillerie, un maréchal de camp, un brigadier; l'état-major, six brigadiers; le génie, un
maréchal de camp, un brigadier. Total : cinq cent
vingt généraux; assez pour commander toutes les
armées réunies de l'Europe.

Le nombre des autres grades n'est pas moindre

que celui des officiers généraux : on trouve —
en comptant bien entendu toutes les armes, —
472 colonels, 894 lieutenants-colonels, 2,113 com-
mandants, 5,041 capitaines, 5,880 lieutenants,
4,833 sous-lieutenants. Avec des cadres aussi rem-
plis, l'avancement devient impossible, et la porte
est ouverte à toutes les conspirations, à tous les
soulèvements.

Le doyen des maréchaux était don Francisco
Serrano, duc de La Torre.

La biographie de don Francisco Serrano est
l'histoire même de l'Espagne contemporaine.

Fils d'un général, il naquit à Cadix le 17 octobre 1810 ; ce n'est donc pas un officier de fortune ; il peut montrer avec fierté ses huit quartiers
de noblesse ; s'il l'avait voulu, il aurait pu être chevalier de Calatrava. En 1840, à *trente ans,* il avait
dépassé le généralat et portait déjà l'uniforme de
maréchal de camp. De 1835 à 1840, il avait pris
part aux batailles de Caserras, de Turbatel, de
Calaf, de Orihuelo, de Linares, de Tremedal, au
siège de Morella, à vingt autres actions, sous les

ordres de son père ou des généraux Espoz y Mina, Cordova, Espartero, Van Halen, Borso di Carminati et Castañeda, battant partout l'absolutisme, représenté par don Carlos.

En 1840, Serrano est envoyé aux Cortès par Jaen et Malaga, et vote la régence d'Espartero.

En 1843, il est nommé, par le vote unanime de la garnison de Barcelone, ministre universel. En 1854, il prend part au mouvement de Vicalvaro, se proclame partisan de la pureté du régime constitutionnel, s'allie au maréchal O'Donnell, et fonde avec lui l'Union libérale.

Nommé gouverneur général de l'île de Cuba, le maréchal Serrano mène à bonne fin l'annexion de l'île de Saint-Domingue et étouffe les velléités séparatistes de la perle des Antilles. Pour récompenser ses services, Isabelle II lui accorde le titre de duc de La Torre, avec la grandesse de première classe. Le 22 juin 1866, le duc sauve la dynastie à Madrid ; il soumet par son seul prestige les troupes révoltées de la caserne de la Montaña. Ce fait extraordinaire valut au maréchal la Toison d'or. En 1867, devenu président du Sénat, Serrano et le président des Cortès, l'illustre don Antonio de los Rios y Rusos, portèrent au pied du trône leur protestation contre le despotisme inqualifiable du ministère Narvaez ; le cabinet répondit à cette protestation en exilant les présidents des deux Chambres. Cet exil fut le premier signal de l'épopée de 1868. Un an plus tard, Serrano gagna la bataille d'Alcolea, et la reine Isabelle ayant quitté l'Espagne, le duc-maréchal devint chef du pouvoir exécutif de la Péninsule. Je crois inutile de vous indiquer le rôle du duc pendant la période révolutionnaire. Il fut régent du royaume jusqu'à l'arrivée à Madrid du duc d'Aoste. Une fois le roi Amédée assis sur le trône de saint Ferdinand, il devint président du conseil, et plus tard général en chef de l'armée du Nord, battant les carlistes à Oroquieta, les soumettant par la convention d'Amoravieta. Après le coup d'État du 3 janvier, le maréchal accepta de nouveau la présidence du pouvoir exécutif ; c'est à ce titre, et se trouvant à la tête de l'armée libérale, qu'il put entrer à Bilbao, avec le ma-

réchal don Manuel de la Concha, après avoir battu
les carlistes.

Le maréchal résigna ses pouvoirs le 31 octobre 1874 et se rallia immédiatement à la monarchie de don Alphonse XII. Sous ce règne, il
a été président du Sénat, ambassadeur d'Espagne
à Paris, et a fondé le parti le plus libéral de la
monarchie, la gauche dynastique. Tel est l'homme
qui se trouvait, jusqu'à ces derniers jours, le
doyen des maréchaux de l'Europe.

Ma lettre deviendrait un précis d'histoire militaire de la Péninsule, si je devais vous faire la biographie de chacun des maréchaux espagnols. Sachez
que tous sont braves comme le maréchal Serrano,
c'est-à-dire comme leur ancêtre le « Cid Cam-
peador », mais qu'aucun d'eux n'a pu surpasser
ni la gloire ni la chance inouïe du beau duc de La
Torre, véritable enfant gâté de la Victoire.

Parmi les lieutenants généraux je vous parlerai
des deux plus célèbres. Inutile de recommencer
sur Salamanca, que je vous ai déjà présenté ; parlons de Lopez Dominguez d'abord.

Le général don José Lopez Dominguez est le neveu du duc de La Torre mort récemment. Il passe à juste titre pour être le plus instruit, le plus réfléchi des généraux et le plus populaire dans l'armée. Lopez Dominguez est un Michel Skobeleff doublé d'un Chanzy. Il a assisté, comme acteur ou comme spectateur, à toutes les grandes luttes européennes. Il fit partie de la mission espagnole en Orient, sous les ordres de don Juan Prim. Il fut attaché à l'état-major des alliés en Crimée et assista au siège de Sébastopol ; il se trouva à Solférino, à Magenta, se battit comme un brave en Afrique, commandant, en qualité de capitaine d'artillerie, une batterie de montagne.

Il était à Ceuta, au Serrallo, à Tetuan, prenant part aux batailles de Castillejos et de Vad-Ras. Lopez Dominguez, parti pour le Maroc capitaine, revint à Madrid avec le grade de colonel. De 1860 à 1868, il fit presque toujours partie des Cortès, où il se montra excellent orateur. Le 23 septembre 1868, on le trouve chef d'état-major de son oncle. Le plan de bataille d'Alcolea fut, dit-on, son œuvre. La révolution maîtresse de l'Espagne, il est nommé général de brigade et secrétaire général de la présidence du gouvernement provisoire, puis sous-secrétaire de la régence et maréchal de camp. Lopez Dominguez n'est point un radical, non plus qu'un doctrinaire; c'est un libéral, un démocrate gouvernemental. Sans être républicain, il a servi la République, battu les cantonalistes et pris Carthagène, dernier refuge des insurgés communards.

Quand le soulèvement de Martinez Campos à Murviedo rendit à Alphonse l'héritage de sa mère, Lopez Dominguez, qui appartenait au parti constitutionnel, laissa faire ses chefs et se trouva, sous leurs ordres, rallié à la Restauration. Aujourd'hui, le Roi n'a pas de partisan plus loyal. Le général s'est séparé, en 1882, de M. Sagasta. Le maréchal Serrano ayant pris sa retraite, Lopez Dominguez est devenu le chef du parti dynastique monarchique.

Il a rempli avec une grande distinction toutes les hautes charges militaires. Tour à tour chef

d'état-major général de l'armée du Nord, général
en chef de l'armée du centre et de l'armée de Cata-
logne, ministre de la guerre dans le cabinet Posada
Herrera, il est décoré du grand cordon de Saint-
Ferdinand, qui vaut la croix de Saint-André de
Russie. Lopez Dominguez est l'homme de demain ;
il jouera dans son pays un rôle au moins aussi
important que ceux joués par son oncle Serrano,
Espartero, O'Donnel, Narvaëz et Prim.

Don Manuel Pavia y Rodriguez de Albuquerque
est aussi un artilleur. Bien né, homme du monde
et homme charmant, il se passionna pour Prim,
le suivit partout, même en exil, et partagea avec
lui une condamnation à mort.

En septembre 1868, il rentrait à Madrid comme
aide de camp du comte de Reus (Prim), et bientôt
après fut nommé colonel du régiment *immémorial*
del Rey nº 1. Pavia prit part à tous les combats
contre les républicains et les carlistes durant le
gouvernement provisoire, la régence de Serrano
et le règne d'Amédée. La République le trouva
lieutenant général et lui offrit le commandement

de la Nouvelle-Castille. Singeant Bonaparte, il
mena à bonne fin son 18 brumaire et, le 3 janvier
1874, balaya la Chambre républicaine à coups de
crosse. N'osant pas toutefois exploiter la situation
qu'il avait faite, il remit le pouvoir entre les mains
du duc de La Torre, du maréchal Zavala et de
M. Sagasta.

Aujourd'hui, ô dérision de la destinée! Pavia le
libéral, Pavia le condamné à mort, Pavia l'âme
damnée de Prim, le chien fidèle de la Révolution,
Pavia est conservateur, sénateur, canoviste et capitaine général de la Nouvelle-Castille, tout comme
sous la présidence de Castelar. Fera-t-il avec la monarchie de don Alphonse ce qu'il fit avec la République présidée par le Démosthène moderne? Non.
Pavia est un désillusionné de la politique, son ambition aujourd'hui est restreinte. Il se contente de
tirer, d'un tic nerveux, son binocle; de se croire
un don Juan; de lorgner, de sa stalle du Théâtre-
Royal, toutes les *professional beauties* de la cour
d'Espagne. Pavia, malgré ses transformations, qui
rappellent le caméléon, n'a pas un ennemi; quoi-

qu'il s'imagine porter une longue lame de Tolède,
le bon Manolo Pavia est parfaitement inoffensif.

Vous parlerai-je des 518 autres généraux de
différents grades? A quoi bon? Ils se suivent et se
ressemblent. Tous feraient des colonels de premier
ordre.

La marine? Que puis-je en dire? L'Espagne a
des marins, une flotte; mais une marine, eh bien...
elle n'en a plus! Pas un des amiraux, — même
le vieux Topete qui vient de mourir et faillit être
un grand homme en 1868, — ne mérite les honneurs d'une biographie. Dieu sait pourtant si
amiraux, officiers et matelots sont braves et bons
marins; mais comment faire une marine sans
finances, sans administration, sans un vrai grand
amiral? Je me tais. Lépante, San Vicente, Trafal-
gar et Callao forcent ma plume au silence.

# QUATORZIÈME LETTRE

## LES ORDRES DE CHEVALERIE

Tout le monde est chevalier en Espagne. Cela simplifie la hiérarchie. Le *monsieur* français, en passant les Pyrénées, devient un *caballero*.

De l'autre côté des monts, chacun est *señor*, et *don*, et *caballero*. Vous écrivez à votre bottier : *señor don* Federico Lopez ; à votre domestique : *señor don* Juan Garcia. Les décorations font partie de la toilette masculine comme une épingle de cravate. Tout Espagnol, étant noble de naissance, est décoré à vingt ans. Quand la femme perd le droit de porter la fleur d'oranger, l'homme gagne,

dans le beau pays où elle s'épanouit, celui de
porter une croix. Tout Castillan, Aragonais, Na-
varrais, Galicien, Asturien, Andalou, Valencien,
Catalan, qui est majeur, est pourvu d'un ruban
assorti à sa situation.

Mais soyons sérieux, si toutefois il est possible
de l'être en traitant la question des décorations
espagnoles.

L'Espagne possède en fait d'ordres de chevalerie :

La Toison d'or ;

Les quatre ordres militaires : Calatrava, Alcantara, Montera, Santiago ;

Les cinq *maestranzas* : Ronda, Séville, Grenade,
Valence et Saragosse ;

L'ordre de Hijosdalgos de la noblesse de Madrid ;

L'ordre d'Isabelle la Catholique ;

L'ordre de Charles III ;

L'ordre militaire de Saint-Ferdinand ;

L'ordre de Sainte-Herménégilde ;

L'ordre du Mérite militaire rouge ;

L'ordre du Mérite militaire blanc ;

L'ordre du Mérite naval rouge ;

L'ordre du Mérite naval blanc ;

L'ordre d'Isabelle II ;

L'ordre de Bienfaisance ;

L'ordre des *Épidémies* (?) ;

L'ordre de Saint-Jean de Jérusalem.

Je ne compte pas les médailles ; chaque bataille a la sienne.

Tous les magistrats ont une plaque de la Justice.

Tous les juges et tous les procureurs du Roi ont une croix.

Tous les académiciens, une médaille en or émaillé.

Tous les professeurs d'université ou d'institut, une croix.

Ai-je tort de vous dire que tout Espagnol a droit à son insigne d'or ou d'argent ?

Le plus ancien de tous ces ordres est Calatrava, qui fut institué par le roi Sancho III de Castille en 1158. Les plus récents sont les ordres du Mérite militaire et naval, qui ont seulement quelques années de date.

Jadis, pour appartenir aux quatre ordres nobles de Santiago, Calatrava, Alcantara, Montera, il fallait avoir seize quartiers; aujourd'hui, quoique l'Institut des ordres n'ait pas changé, on y triche à l'admission : j'ai connu un certain Santiaguista qui, dans sa première jeunesse, avait exercé l'honnête mais fort vulgaire métier de marchand de *boquerones* (goujons), à Malaga. Au fait, saint Pierre était bien pêcheur!

Seuls les grands-croix ont un avantage : tout grand-croix est Excellence.

Parmi les innombrables chevaliers de toutes les Espagnes, il y en a un bien curieux : c'est le très honorable fournisseur de poissons de Sa Majesté le Roi, M. Martinez. Ledit négociant a sa boutique, *calle Mayor,* près des Platenas. Il se disait, sous le règne d'Isabelle, fort progressiste, ce qui ne l'empêchait pas de vendre à Leurs Majestés et Altesses royales ses soles, ses langoustes, ses maquereaux et autres produits des deux mers qui baignent les côtes fleuries de la belle Espagne.

Lorsque la révolution triompha et que MM. Ro-

mero Robledo et consorts écrivirent sur la façade
du ministère des finances: « La race maudite des
Bourbons a cessé de régner », — juste châtiment
de sa perversité, — le fils Martinez fit remplacer
sur son enseigne le S. M. par des poissons en
fer-blanc, parfaitement peints; il resta encore
fournisseur, non du palais, mais de… poissons.

Grand ami de M. Sagasta, le chevalier Martinez
a été, ces temps-ci, premier *teniente alcade* de la
ville de Madrid; depuis 1882, il est grand cordon
d'Isabelle. Il a donc le droit absolu de recevoir
de ses clients les commandes comme suit:

« Excellence, je prie Votre Excellence de remettre
à ma cuisinière trois douzaines de sardines », ou
bien : « Excellentissime seigneur, envoyez-moi une
barbue bien fraîche, et n'oubliez pas que vous m'a-
vez promis de me choisir vous-même des huîtres. »

J'en passe et des meilleures sur la drôlerie de la
chevalerie espagnole. Maintenant, j'ajoute un peu
de statistique.

L'ordre de la Toison d'or compte 62 chevaliers.
Le doyen était encore, il y a quelques mois, un Fran-

çais, le duc de Noailles ; depuis la mort du noble académicien, c'est le duc d'Aquila qui est le plus ancien de l'Ordre.

L'ordre royal et très distingué de Charles III, institué par le roi de ce nom le 19 septembre 1771, compte actuellement 205 chevaliers grands cordons espagnols et 263 grands cordons étrangers.

L'ordre de Marie-Louise, pour les dames, institué par le roi Charles IV le 15 mars 1794, compte 241 Espagnoles et 120 étrangères.

L'ordre royal d'Isabelle la Catholique, institué par le roi Ferdinand VII le 24 mars 1815, compte 1,430 chevaliers et grands cordons espagnols, et 430 étrangers.

Ferdinand, roi de Naples, surnommé Bomba, assailli par les émeutiers, se précipita un jour au balcon de son palais, et faisant taire la foule :

— *Basta ! basta !* cria-t-il, *siete tutti marchesi !*

Alphonse XII devait imiter son arrière-grand-père maternel, et dire à ses sujets du haut d'une fenêtre du palais d'Orient :

— *Basta ! basta ! sed todos Excelencias !*

# QUINZIÈME LETTRE

## LA PRESSE

Il n'y a pas de pays au monde qui se passionne plus que l'Espagne à la lecture des journaux. En dépit des lois les plus sévères en matière de presse, vous entendrez crier jour et nuit à Madrid cent feuilles politiques. Le kiosque n'existe pas ; ce sont les gamins et les vieilles femmes qui vendent les journaux dans les rues. Comme chez tous les peuples qui subissent les rigueurs d'un gouvernement réactionnaire, les journaux de l'opposition sont nombreux. Malgré les dénonciations, les saisies, les procès, les emprisonnements

de journalistes, on déploie à Madrid des trésors
d'esprit pour dire, sans en avoir l'air, à la grande
masse des lecteurs, ce qui peut lui plaire. Allé-
gories, mots à double sens, contes et romans ca-
chant sous des noms imaginaires les personnages
du gouvernement, voilà ce qu'on est forcé de faire,
et l'on met plus de malice en dix lignes qu'il
n'en faudrait pour écrire une pièce de théâtre ou
un volume de franches satires.

Bien entendu, je vous parle des feuilles de l'opposition, *el Progreso, el Liberal, el Motin*, qui ont
la réputation d'adversaires du régime actuel. *El
Progreso* surtout a fait, dans ces derniers temps,
une campagne brillante. Presque tous ses rédacteurs sont en prison; son directeur, M. Solis, est
parvenu à s'évader; après s'être entendu à Londres avec M. Zorrilla, qui a déclaré que *el Progreso*
était son organe, il s'est établi à Saint-Jean-de-
Luz pour y attendre les événements.

*El Liberal* est l'œuvre des anciens rédacteurs
de *el Imparcial*, séparés, en un jour célèbre, de
leur directeur, M. Gasset. Celui-ci était parvenu à

faire de *el Imparcial* le journal le plus populaire d'Espagne, tirant à quarante mille exemplaires, chose énorme à Madrid. Le succès était dû au mérite de ses rédacteurs ; M. Gasset avait choisi les meilleurs journalistes : Araus, Fernandez Flores, Beraza, Castro y Blanco, Vargas, etc. Mais ces Messieurs sentaient l'infériorité du directeur et voyaient le journal s'enrichir grâce à leur talent. Un beau matin, tous, rédacteurs, reporters, administration, protes, ouvriers, mécaniciens, correspondants à l'étranger, quittaient le journal. Une semaine après, *el Liberal* parut. L'*Imparcial* se tira d'affaire comme il put. Sa clientèle ne diminua point, car le public des journaux se ressemble dans tous les pays et n'aime pas à changer ; il s'attache au papier et au titre. Mais *el Liberal,* au bout de deux ou trois mois, eut dix à douze mille abonnements ; il en a aujourd'hui vingt-cinq mille.

Très bien faits l'un et l'autre, ces deux journaux peuvent être considérés comme les représentants de l'Espagne libérale, quoiqu'ils ne soient ni l'un ni l'autre l'organe de personne.

11

J'aurais dû commencer par vous parler des doyens de la presse. Le premier est *la Epoca*, dont vous entendrez constamment prononcer le titre à l'étranger, à cause de ses démêlés avec tous les organes libéraux du monde. Il y a trente-sept ans que la feuille ultra-conservatrice défend avec courage le trône et l'autel, la religion et la monarchie. Inutile de vous dire qu'elle est la tête de Turc de toute la presse, — des journaux carlistes, parce que *la Epoca* est alphonsiste et fait une guerre acharnée à don Carlos; des journaux libéraux, parce qu'elle combat démocratie, république, et tout ce qui n'est pas le souverain ou M. Canovas.

C'est néanmoins un grand journal, admirablement fait, qui soutient vaillamment ses idées; le plus connu des journaux espagnols à l'étranger. Quoique le chiffre de ses abonnés ne soit pas considérable, il a une clientèle sûre, invariable, composée des classes riches et nobles. Son directeur, M. Escobar, créé par Alphonse XII marquis de Valdeiglesias, est très respecté à Madrid, où l'on admire sa constance au travail et l'invariabilité de sa politique. Député, appartenant aux grandes Compagnies de crédit, il s'occupe de son journal du matin au soir avec une énergie rare à son âge. Il a été indiqué plus d'une fois comme futur ministre dans les combinaisons conservatrices. Très liée avec M. Canovas, *la Epoca* ne voit que par les yeux du président.

Tout le monde rend justice au doyen des journalistes madrilènes; son œuvre, polémique à part, est très appréciée, car il est rare en ce siècle de voir un homme de bien se vouer corps et âme à la défense d'une œuvre politique et se faire une situation respectable et aisée à force de travail et de volonté.

Son fils, M. Alfredo Escobar, rédacteur en chef du journal, député aux Cortès, a modernisé la *Epoca* en lui donnant l'aspect des grands journaux étrangers; plus tolérant que son père, il s'efforce d'adoucir les haines des journaux libéraux contre la *Epoca;* écrivain aimable d'ailleurs et chroniqueur de salon, c'est un agréable mondain doublé d'un journaliste amateur.

La *Correspondencia de España* est le désespoir et la joie des Madrilènes, qui ne cessent de la critiquer et de l'acheter. On sait que le journal de M. Santa Ana appartient à tous les gouvernements. Il défend aujourd'hui les actes de M. Canovas, demain il défendra ceux de M. Zorrilla. Au temps de la monarchie, c'est la feuille officieuse de la Royauté ; au temps de la République, c'est l'organe du gouvernement républicain. Journal sans rédacteurs, il n'a que des reporters ; pas un article, pas une chronique ; des petites nouvelles de deux lignes remplissant quatre pages et rendant compte de tout, absolument tout ce qui se passe en Europe et en Espagne. On l'appelle à Madrid le *bonnet de nuit,* car on ne peut se coucher sans la *Correspondencia.* M. de Santa Ana a devancé de vingt ans le reportage américain. La *Correspondencia,* qui tire à cinquante ou soixante mille, est indispensable à la curiosité espagnole. Son directeur raconte qu'il a débarqué à Madrid, il y a trente ans, avec deux pièces de cent sous dans sa poche. Aujourd'hui il est millionnaire, propriétaire du

bel hôtel dans lequel il loge son journal, jadis
palais d'un grand d'Espagne, le duc d'Abrantès,
et « converti par moi, dit M. Santa Ana, en temple
du travail ». C'est vrai. Le directeur de la *Correspondencia* est un travailleur extraordinaire, qui a
compris avec une intuition merveilleuse que les
passions successives d'un peuple variable sont
faites pour être exploitées. Créer un journal organe de tous, voilà l'idée mère de la *Correspondencia*. C'est M. de Santa Ana qui a inventé les
épithètes devenues en Espagne une vraie maladie
locale : « distingué, aimable, éminent, un de nos
premiers ». Que m'en coûte-t-il d'être agréable à
tout le monde? dit souvent le directeur de la *Correspondencia,* qui est un philosophe doublé d'un
entrepreneur. Non content du succès d'un journal
dont la quatrième page ferait la fortune de dix
autres, il s'est mis à la tête de deux grands com-
merces : les fleurs naturelles et le papier à im-
primer.

Se souvenant de son humble origine, il a créé des
caisses pour les ouvriers. Un des cent gouverne-

ments qu'il a servis l'a fait député, un autre sénateur, et le pauvre piéton d'il y a trente ans parcourt
aujourd'hui les rues de Madrid dans son coupé,
remuant ciel et terre au profit de la publicité, sa
grande monomanie. Qui ne l'aime à Madrid? C'est
une personnalité très remarquable à cause de sa
passion du travail, dans un pays où, sauf celle-là,
toutes les autres sont communes.

Son fils Eduardo est un beau garçon très intelligent, ancien lieutenant de l'escadron royal du
SALUT, et qui a hérité, comme M. Escobar fils, de
la rédaction en chef d'un journal unique, le plus
extravagant du monde, mais indispensable.

Le *Globo* est l'organe de M. Castelar, par conséquent le journal des lecteurs « opportunistes »
de *allende los montes*. Très bien fait, suffisamment répandu, il a conquis sa place petit à petit et
ses abonnés sont nombreux.

Le *Correo*, fondé par M. Ferreras (parti Sagasta), est un des journaux les plus répandus à
cause d'une sorte de résumé de la journée très
habilement rédigé par son directeur, lequel préfère

l'agitation de la bataille quotidienne à la haute situation que ses amis lui avaient faite. Ordinairement bien renseigné, il défend la cause des partisans de M. Sagasta. Comme toutes les feuilles de l'opposition, le *Correo* est devenu populaire.

*El Resúmen,* organe du général Lopez Dominguez, qui n'a qu'une année d'existence, a déjà emporté d'assaut l'une des premières situations parmi les feuilles madrilènes. C'est un bon journal, qui consacre des études sérieuses aux questions militaires. Il a pour principaux rédacteurs MM. Figueroa, Oliver et, Abascal, les trois meilleures plumes du jeune journalisme espagnol.

Faut-il vous parler des cent autres organes des divers partis politiques? Non. Je vous fatiguerais sans profit. Il me suffira de vous dire que chaque homme politique a son journal, et que, sauf les journaux carlistes, dont les abonnés sont innombrables, — ils ont pour clients tous les prêtres espagnols, — le reste des journaux traîne une existence difficile, pénible quelquefois, ne vivant que de la subvention particulière des chefs

de partis; en échange, les revues anticléricales,
comme le *Motin*, les *Dominicales,* qui s'acharnent
après le clergé, ont autant de succès que les organes carlistes, ce qui prouve avec quelle ardeur
la bataille intellectuelle se livre en Espagne entre
les idées anciennes et les idées modernes.

Par ses journaux illustrés Madrid pourrait faire
concurrence aux grandes capitales du continent.
Chaque numéro de la *Ilustracion* espagnole et amé-
ricaine est un vrai chef-d'œuvre, et il n'existe ni à
Paris ni à Londres de revue illustrée mieux en-
tendue. M. Abelardo de Cárlos, Mécène des écrivains
et des artistes, l'homme le plus honorable d'Espagne, mort aujourd'hui, avait mis tous ses soins
à faire de son journal un musée auquel les plus
grands artistes de la nation apportaient leur contingent. Les numéros de cette *Ilustracion* dépassent
tout ce qu'on connaît ailleurs, le texte en est très
soigné. Le tirage, quoique le prix d'abonnement
soit très élevé, monte à vingt mille exemplaires
pour l'Espagne et les républiques sud-américaines.

Ce qu'il y a de journaux satiriques, comiques

est incroyable. En Espagne, comme en Italie, on
raffole de la caricature, et les revues avec charges
abondent. Les Madrilènes aiment à regarder sur
la devanture des cafés ces polichinelles politiques,
et se consolent ainsi des vexations gouvernemen-
tales.

Je vous recommande un genre de journalisme
particulier à l'Espagne et, ma foi, très curieux :
ce sont les feuilles tauromachiques. Aussitôt la
course finie, on vend la revue, qui a été imprimée
à la hâte avec les renseignements envoyés du
cirque par les chroniqueurs de la *corrida*, lesquels
sont ordinairement les directeurs mêmes de ces
journaux. Le public acheteur de ces comptes
rendus est immense; le récit de la journée est fait
dans un argot absolument incompréhensible pour
un étranger. Il faut beaucoup d'années de résidence à Madrid pour entendre ce langage, où
l'esprit se ramasse à la pelle.

Les deux grands journaux tauromachiques, la
*Lidia* et la *Nueva Lidia*, avec illustrations, sont
charmants et la collection s'en paie fort cher.

Rien de plus joli que ces lithographies coloriées,
avec tous les incidents de la course, les portraits
des *espadas,* etc. Bref, la folie nationale des taureaux a ses organes, ce qui prouve une fois de
plus que le taureau et la politique sont ce qui occupe le plus ceux qui lisent.

# SEIZIÈME LETTRE

## LA LITTÉRATURE ESPAGNOLE

La littérature espagnole a perdu sa saveur de terroir; elle se laisse malheureusement trop influencer par la littérature française. Cependant le caractère personnel de la nation reparaît à chaque instant et ce caractère échappe à l'inspiration de sa voisine voltairienne, l'inspiration de la littérature espagnole étant surtout religieuse.

Ce mélange d'idées modernes et de néo-catholicisme, dont Castelar est, en politique, dans l'art oratoire, l'expression la plus puissante, domine chez tous les écrivains espagnols. Lanza, Espron-

ceda, morts aujourd'hui, qui avaient rompu avec
le catholicisme, ne sont lus qu'après un signe de
croix. En revanche, la plupart des écrivains modernes luttent contre les exagérations du fanatisme ; ils voudraient adoucir les rigueurs de
l'esprit clérical et concilier le présent avec le
passé. Cette alliance « de la raison et de la foi »,
sur laquelle Castelar a écrit de si merveilleux
essais, est indispensable en Espagne et sera la
transition nécessaire à l'esprit de ce pays pour
entrer franchement dans les voies libérales.

L'Espagne a toujours eu une vie littéraire. La
succession non interrompue de ses écrivains lui a
donné, après les maîtres, des poètes comme Me-
lendez Valdes et Argensola, Moratin, Espronceda
et Zorrilla, Modesto Lafuente et Fernan Cabal-
léro.

Comme toutes les autres littératures, celle de
l'Espagne s'est maintenue jusqu'au commencement du xixe siècle sous le joug classique. Zorrilla
l'a un instant réveillée en reprenant la tradition
du Romancero ; mais la mode venue de par delà

les Pyrénées a empêché le retour complet aux traditions qui ont paru surannées.

L'Espagne a cru avoir, comme l'école nationale basque, ses romanciers et ses poètes : Fernan Caballero, don Antonio de Trueba ont chanté les Biscayes et l'Andalousie ; mais en même temps qu'ils peignaient des mœurs et des lieux espagnols, les deux écrivains dont je vous parle subissaient des inspirations étrangères et n'avaient pas ce génie, cette originalité qui sont l'expression d'une race et ne peuvent éclore en aucun autre pays.

Parmi les écrivains de la génération présente, je vous citerai Alarcon, José Selgas, — ce dernier mort au commencement de l'année, — Pérez Galdós et Valera.

Don Pedro Antonio de Alarcon est né à Guadix, d'une famille bourgeoise ; il a peint, en des tableaux charmants et très originaux, les coutumes du moyen âge de la ville où s'est écoulée son enfance. L'aîné de dix enfants dans une famille considérée, mais pauvre, il apprit seul trois ou quatre langues, parvint à économiser quelque ar-

gent et arriva à Madrid, où il connut Espronceda.
Après les déboires qu'ont la plupart des écrivains
à leur début, il fit du journalisme, eut un duel
célèbre, dirigea la revue *el Occidente,* écrivit dans
vingt journaux et entra dans la politique comme
libéral progressiste. Alarcon était un journaliste
distingué quand, en 1859, éclata la guerre entre
l'Espagne et le Maroc. Le délire s'empara de
l'Espagnol pour aller combattre le Maure ; comme
pour la course de taureaux, il y a là un instinct de
race : Alarcon partit pour l'Afrique. Libéral avancé,
il y fut correspondant de la *Iberia,* organe des
progressistes. Le maréchal O' Donnell, en le com-
blant d'attentions, le rallia à son parti, — l'Union
libérale, noyau des libéraux doctrinaires. Pour
n'être pas soupçonné d'avoir eu un intérêt à ces
évolutions, Alarcon ne voulut accepter aucune
situation tant que ses amis furent au pouvoir. Plus
tard, élu député et sénateur, et son évolution politique ratifiée par le suffrage de ses concitoyens, il
fut nommé conseiller d'État.

On ne peut s'imaginer la fécondité d'Alarcon. La

vingtaine de volumes de l'auteur des *Novelas cortas*
ne donne pas une idée de ce qu'il a écrit de petits
articles, de récits de voyages, de causeries. Nul
n'a mieux saisi l'accord avec les lecteurs ; il pense
avec eux ; à la fois très moderne et sachant retrou-
ver l'imagination des vieux conteurs, il semble
jongler avec l'esprit, avec l'amour, et trouve l'émotion fugitive qui ne va pas jusqu'à la sensibilité.
On pourrait dire d'Alarcon qu'il est bien complètement humain.

Valera est un mystique laïque, un mécréant philosophe, un démocrate gentilhomme. Sa mère était
une Alcala Galiano ; il est le frère de la duchesse
de Malakoff. Quoi qu'il dise et qu'il écrive, il conserve toujours les préjugés de sa caste. Il est aristocrate par instinct, radical par genre ; sa nature
et le fruit de ses études sont toujours en guerre
chez lui. Il porte une couronne comme épingle de
cravate et qualifie de bibelots les attributs de la
monarchie. Valera a suivi pas à pas la carrière diplomatique. Polyglotte et le plus instruit, — on dit
aussi le plus sceptique, le plus froid des hommes,

— il est actuellement ministre plénipotentiaire à Washington. Son chef-d'œuvre est *Pepita Jimenez*; ses romans les plus célèbres sont *el Comendador Mendoza, Daphnis y Chloé, Cordobesa*. Quoique ce dernier ouvrage ne soit ni un roman, ni une nouvelle, ni un poème, c'est tout cela à la fois; c'est en même temps le livre d'un penseur, d'un érudit, d'un artiste. Juan Valera a écrit aussi des études critiques, des contes, des dissertations littéraires.

M. José Selgas, mort il y a quatre ans, était un ultramontain. Il collabora au *Padre Cobos*, journal satirique fondé pour tuer par le ridicule le maréchal Espartero. Il a occupé la situation de sous-secrétaire de la présidence du conseil, que le maréchal Campos lui donna en 1878. Comme écrivain en prose, il est au-dessous de Valera et d'Alarcon; mais comme poète il leur est peut-être supérieur. José Selgas ne cachait pas son horreur du siècle, mais ce n'était point un satiriste; s'il pensait avec la haine des idées modernes, sa poésie est délicate, ingénieuse et plaît surtout aux

esprits féminins, aux mères, aux jeunes filles.
C'est un poète de société.

M. Pérez Galdós a imprimé plusieurs volumes
d'*Épisodes nationaux ;* mais ce n'est point sur cet
ouvrage en deux séries que nous lui reconnaî-
trons le titre d'écrivain national. Il a fait mieux
que cela pour le mériter. Parmi ses romans, il en
est un qui suffirait à la gloire du jeune auteur :
c'est *Doña Perfecta.*

# DIX-SEPTIÈME LETTRE

## LES ACADÉMIES

La maison d'Autriche ne fit absolument rien pour les lettres espagnoles : si Philippe IV fut un roi poète et artiste, il le fut comme homme et non comme souverain. Il protégea Velasquez, nomma Rubens son ambassadeur en Angleterre, honora de son amitié Quevedo, mais il ne fonda rien qui servît au développement des lettres et des arts.

Quand le duc d'Anjou arriva à Madrid, il était imbu des idées de Versailles ; il voulut imiter son grand-père en tout, et fonda les Académies de la langue et de l'histoire.

L'Académie de la langue, ou Académie Royale espagnole, est la plus ancienne des compagnies; créée en 1713, elle correspond absolument à l'Académie française. Ses statuts ont été modifiés en 1847 et 1859. Les Immortels espagnols, qui vivent rarement vieux, sont au nombre de trente-six. Il y a de plus vingt-quatre correspondants espagnols en province et un nombre indéterminé de correspondants étrangers et honoraires.

Un fait remarquable est l'influence qu'exerce la corporation sur l'esprit si vif et si spontané des Espagnols. Aussitôt entré à l'Académie, l'homme le plus spirituel des Castilles semble éteint. Il est vrai qu'il a pour président M. le maréchal Pezuela, comte de Cheste !

Parmi les trente-six membres de la docte Compagnie, je relève les seuls noms de Valera, Nuñez de Arce, Castelar, Echegaray et Martos, appartenant au parti libéral, monarchique ou républicain. Les trente et un autres sont tous des noms de conservateurs.

Vous savez, mon jeune ami, que la langue de

Cervantès est, après l'anglais, la plus répandue sur le globe. L'Académie espagnole a donc dans l'Amérique latine plusieurs compagnies correspondantes, notamment l'Académie colombienne, l'Académie équatorienne, l'Académie mexicaine, l'Académie de Venezuela et celle de San Salvador.

De même que l'Académie française, l'Académie espagnole n'a pas encore achevé son Dictionnaire.

L'Académie royale de l'Histoire, pour maintenir intactes les traditions d'activité des Sociétés littéraires officielles, n'a pas non plus terminé un seul de ses travaux; elle en est encore à fournir à l'Espagne un précis historique !

Cette Académie, créée en 1738, par Philippe V, possède, elle aussi, trente-six membres. Son directeur est don Antonio Canovas del Castillo ; son secrétaire perpétuel, don Pedro de Madrazo. De même que l'Académie espagnole, elle a des correspondants nationaux en province et des correspondants étrangers.

L'Académie des beaux-arts fut fondée en 1752,

sous le titre d'Académie Royale des Trois nobles arts de Saint-Ferdinand.

Aujourd'hui cette trinité a été brisée, ou plutôt augmentée, puisqu'on y a ajouté une section de musique. Donc, on ne dit plus l'Académie des Trois nobles arts, mais plus simplement l'Académie Royale de Saint-Ferdinand.

Je ne sais pas quelle influence cette dernière Académie a pu avoir sur les beaux-arts espagnols, et je vous confesse que cette influence me paraît, sinon nulle, au moins médiocre, quoique son président actuel, M. Federico de Madrazo, soit un grand artiste, comme vous le verrez plus tard quand je vous parlerai des peintres.

Je nomme *pro memoriá* trois autres académies aussi royales, aussi officielles et aussi utiles : l'Académie des sciences exactes, physiques et naturelles ; l'Académie des sciences morales et politiques ; l'Académie royale de jurisprudence et de législation.

J'ai à signaler, dans l'Académie des sciences physiques et naturelles, M. Echegaray, aussi remar-

quable comme mathématicien que comme écrivain
dramatique, et le général Ibanez, qui préside
tous les congrès internationaux de géographie.

Dans l'Académie des sciences morales et politiques, je ne vous nommerai personne ; c'est le
rendez-vous, pour ne pas dire la *tertulia*, de toutes
les sommités politiques de la Péninsule.

Je ne veux pas finir ma nomenclature sans
vous avertir qu'on parle vaguement à Madrid
d'une Académie de médecine. Ses membres doivent travailler beaucoup en silence, car on meurt
très jeune en Espagne.

# DIX-HUITIÈME LETTRE

## LE THÉATRE

Le répertoire du théâtre classique espagnol est le plus riche du monde. Le XVII<sup>e</sup> siècle a produit l'immortel Calderon, Lope de Vega, Tirso de Molina, Moreto, Alarcon. Aujourd'hui la scène est loin d'être aussi brillante; malgré cela, vous pourrez constater, à votre grand étonnement, comme je l'ai constaté moi-même, que, pour une ville de 500,000 habitants, il n'y a pas moins de dix-neuf théâtres dans la capitale de l'Espagne.

Vous verrez à Madrid, pour la première fois,

non seulement un spectacle coupé, mais un spectacle à l'heure, comme les fiacres.

Exception faite des grands théâtres, du *Teatro Español*, de la *Comedia*, de la *Princesa* et de la *Zarzuela* (opéra-comique), tous les autres voient plusieurs fois par soirée se renouveler leur public, qui paie cinquante centimes pour chaque petit acte.

Ces théâtres, à l'heure et à la pièce, sont fort jolis. Construits exprès pour la bourgeoisie, qui raffole de spectacle et n'est pas assez riche pour se payer le luxe d'une soirée complète, ils tablent sur la quantité des spectateurs.

Parmi les drames et comédies de Hartzembusch, Ventura de la Vega, Breton de los Herreros, Rubí, duc de Rivas, Garcia Gutierrez, Martinez de la Rosa, José Zorrilla, Equilaz, Ayala, Serra, Nuñez de Arce, les uns morts, les autres vivants encore, il y a des œuvres remarquables.

La mort d'Ayala a laissé un énorme vide. Ce n'est pas une exagération que de l'appeler l'héritier de Calderon. Le *Tanto por ciento*, le *Tejado de vidrio, Consuelo,* sont des œuvres immortelles dont je vous recommande la lecture d'abord, et l'audition ensuite. Rien de plus puissant qu'une pièce d'Ayala. Il a sondé tous les replis du cœur humain ; aucun, si mystérieux, si profond qu'il soit, ne lui échappe. L'observation chez lui est incomparable ; c'est l'observation d'un grand philosophe et d'un moraliste. Sa forme est parfaite. Comme poète, il est extraordinaire. Bref, sa personnalité est si haute, si complète, qu'il est resté inimitable. Après les grands dramaturges du XVIIᵉ siècle, l'Espagne n'a pas eu de génie plus brillant qu'Ayala ; son seul concurrent, et le vrai maître de l'école dramatique contemporaine espagnole, est M. Tamayo, qui cache son nom avec persistance sous le pseudonyme de Joaquin Estebanez. Pourquoi cela ? On l'ignore. Au début de sa carrière, après deux ou trois grands succès, M. Tamayo a tout à coup substitué sur les affiches, et dans la publication de ses pièces, ce pseudonyme de Joaquin Estebanez à son nom véritable. Depuis, il nie avec entêtement qu'il soit l'auteur de ces beaux drames dont le succès a toujours été croissant. Son *Drama nuevo* est le chef-d'œuvre du théâtre espagnol. Il a été traduit dans toutes les langues excepté dans celle de Molière, les Français étant bien plus préoccupés de faire jouer leurs pièces dans le monde entier que de faire jouer chez eux les pièces étrangères.

Depuis quinze ans les auteurs dramatiques espagnols pullulent. Le drame émouvant, passionné, « vieux jeu », qu'adore le peuple parce qu'il lui arrache des larmes, le drame où le vice est puni et la vertu récompensée, a pour chef d'école Echegaray. Les disciples d'Echegaray sont Cano, Sellas, Zapata, Novo, etc. Les comédies de mœurs franches, railleuses, satiriques même, peignant les vices et les ridicules, sont écrites par Eusebio Blasco, — qu'on pourrait appeler le Lope de Vega moderne, — Ramos Carrion, Gaspar, Navarrete, Ricardo de la Vega, Echegaray cadet, Palencia, Sentero, Flores Garcia, Estremada, Vital Aza, Alvarez, etc.

Echegaray est un homme de génie. L'admiration des Espagnols pour lui est aussi grande que justifiée. Ingénieur et professeur de mathématiques, il avait déjà une sérieuse réputation scientifique, lorsque éclata la révolution de 1868. Élu à la Constituante, il fit un discours d'une éloquence telle, que cela lui valut d'être ministre des finances le lendemain.

Le maréchal Prim s'empara sur l'heure d'un homme si exceptionnel, et n'eut pas à s'en repentir. Echegaray fut un ministre des finances modèle, et publia dans les revues scientifiques, sur les questions économiques et budgétaires, des articles extraordinaires, qui témoignaient d'une érudition et d'un tempérament de savant exceptionnel.

Un jour on annonça que le mathématicien avait fait un drame. On rit beaucoup, et l'on courut à la première représentation, pour se moquer plus que pour admirer. Or, *la Esposa del vengador* eut un succès énorme. Depuis ce jour-là, don José de Echegaray, sans abandonner la scène politique ni l'art oratoire, a composé une trentaine de

drames, en vers ou en prose, qui ont fait de lui
l'une des personnalités les plus remarquables de
sa nation.

Le répertoire d'Echegaray est essentiellèment
espagnol. Il est écrit uniquement pour un public
qui le goûte avec passion. Sa plus grande qualité
est une extrême simplicité, doublée d'une modestie rare. Vous aimerez, je n'en doute pas, le
théâtre de ce maître, dont il vous sera constamment donné de voir les pièces les plus célèbres,
les Espagnols ne s'en lassant pas.

Echegaray est un travailleur; sa personnalité
domine celle de tous les auteurs dramatiques
espagnols. Leopoldo Cano et Eugenio Sellas sont
deux jeunes auteurs, dont certaines pièces ont eu
presque autant de succès que celles d'Echegaray.
Cano surtout est plein d'avenir; c'est une étoile
de première grandeur qui se lève. Son drame *la
Pasionaria* a eu un succès énorme. Dans la comédie, M. Ramos Carrion est l'un des auteurs
contemporains les plus goûtés. Gaspar fait merveilleusement la haute comédie, et Ricardo de la

Vega, fils du maître admiré et regretté Ventura de la Vega, enlève des saynètes de mœurs populaires avec une désinvolture inimitable. La *Cancion de la Lola* a eu plus de cinq cents représentations, ce qui ne s'était jamais vu en Espagne.

L'amour du théâtre, sa fréquentation journalière, font de 'Espagnol de toute classe un juge sévère, judicieux, intelligent et souvent implacable. Il ne tient pas compte des succès passés, au contraire. Il n'admet pas que les applaudissements antérieurement reçus puissent créer des droits ; pour lui, chaque succès doit être conquis. Il siffle ou applaudit ce qu'il entend et ce qu'il voit. Combien de fois a-t-il sacrifié son *torero* préféré à un taureau audacieux ? Une première représentation à Madrid est donc aussi intéressante qu'une course au cirque. Les décisions pour une chute y sont irrévocables ; le triomphe n'y est point marchandé.

Je pourrais ne pas vous parler des acteurs, qui sont en général médiocres : cependant quelques traits sur eux vous amuseront.

Les deux artistes qui ont succédé, sans le remplacer, à Julian Romea, sont Rafaël Calvo et Antonio Vico. Tous les autres sont maniérés, braillards; ils s'habillent mal et ne savent ni marcher, ni se lever, ni s'asseoir, ni manger, ni saluer en scène. Il est vrai que les directeurs en ont pour leur argent, car les pauvres acteurs sont très mal payés en Espagne.

Quant aux actrices, depuis la mort de Mathilde Diez, la retraite de Teodora Lamadrid et le mariage avec un hidalgo titré d'Elisa Boldun, aucune étoile ne s'est levée. Je dois cependant vous citer comme un peu meilleures que les autres : la Mendoza Tenorio, mais qui sanglote quand elle parle; la Tubau, qui crie comme si elle s'adressait à des spectateurs sourds, — et c'est tout.

Pas de foyer d'artistes dans les théâtres de Madrid. Les loges d'acteurs sont tout au plus grandes comme des *boxes* d'écurie. Là acteurs et actrices boivent force verres d'eau fraîche avec des *azucarillos*; ils tuent leurs puces, fument des cigarettes, et se griment avec des fards effroyablement mauvais, sentant la térébenthine et fabriqués à Barcelone.

Fait-on la cour à ces dames? Ma foi non. Les unes, les meilleures, sont très vertueuses, fidèles à leurs époux et à leur « capital », comme dit Alexandre Dumas; celles qui ont perdu le second ne valent pas qu'on le cherche, ni surtout qu'on le paie.

Le lavage est parfaitement inconnu au monde des coulisses, qui croit que l'eau n'est bonne qu'à être bue avec les *azucarillos*.

Vous connaissez les marchandes à la toilette de la rue de Provence, dans ce bon Paris? C'est de là que doivent venir les falbalas des jeunes premières du théâtre espagnol.

Ayant peu d'élégance, une beauté relative et aucun soin de sa personne, la comédienne ne compte pas pour la galanterie madrilène.

A Madrid, on aime ou les femmes du monde ou les *chulas*.

# DIX-NEUVIÈME LETTRE

## LES PEINTRES ESPAGNOLS

Vous savez, de longue date, mon jeune ami, que, pour moi, le premier peintre du monde est Velasquez; le plus vaillant artiste, Ribera; le plus divin, le plus doux, Murillo. Cette trinité de l'art m'apparaît comme le triumvirat *inter pares :* ni le Titien ne vaut comme énergie Ribera, ni Raphaël comme facture Murillo, ni Rembrandt, le grand maître du Nord, ni Van Dyck, le Velasquez belge, ne surpassent, je dirai n'arrivent à égaler dans le vrai, dans le beau, l'immortel don Diego de Silva, car tel est le vrai nom de l'auteur incom-

parable du *Christ,* des portraits équestres, du
*Cuadro de las Lanzas,* de *Las Hilanderas,* de *las
Meñinas,* de *los Borrachos,* merveilles (j'en passe
et des plus admirables) devant lesquelles je vous
conseille d'aller vous mettre en adoration tous les
jours, aux heures de lumière, dans le Real Museo
du Prado, la première galerie de l'univers.

Après ces maîtres, l'ombre descendit sur les
Espagnes ; le génie s'épuise chez un peuple comme
la fertilité d'un champ ; le xviii$^e$ siècle ne produisit
pas un seul grand peintre *allende los montes.* Goya
apparut sous Charles IV ; mais cet esprit original,
que j'ose même appeler génie, ne fit point d'élèves.
Vers 1820, le premier Madrazo, don José, qui
avait étudié à Paris et y était devenu l'ami intime
d'Ingres, à l'atelier de David où ils travaillaient
tous deux, releva l'art à Madrid. Nommé *pintor de
cámara,* il peignit la famille royale tout entière ; les
modèles n'étaient pas jolis, jolis ; les tableaux
furent médiocres. La meilleure œuvre de don José
fut son fils, Federico ; de même que la meilleure
de celui-ci est son fils Raimundo.

Federico de Madrazo, confié à Ingres par son père, retourna à Madrid formé à la manière française. Il a été le peintre officiel par excellence et, de 1835 à 1860, le premier portraitiste de l'Espagne, l'un des meilleurs de l'Europe. La reine Christine, la reine Isabelle, le roi don François d'Assise, tous les infants, le duc de Montpensier, la duchesse d'Albe, sa sœur cadette la comtesse de Teba, — à cheval, en costume andalou, le chapeau *calañez* penché sur l'oreille, belle à ravir, telle qu'elle conquit Napoléon III, — enfin toutes les beautés de la cour de Castille sous Isabelle II passeront à la postérité fraîches, divines, grâce au doux, à l'habile, au galant pinceau de don Federico, vrai grand seigneur des arts. En même temps que l'astre Madrazo, brillèrent quelques étoiles, aujourd'hui oubliées, hélas! Ribera (Jean), Esquivel, et plus tard Gisbert.

Il faut aller jusqu'à Fortuny pour trouver un génie. Fortuny arriva à Paris pauvre, inconnu. Il commença à peindre, fit la *Vicaria* (le Mariage espagnol), devint le chef de la renaissance de l'art,

et vendit son tableau quarante-cinq mille francs à
Goupil, avec la clause du partage des bénéfices en
cas de vente. Le même jour, Goupil cédait l'œuvre
à M^me Cassin pour soixante-dix mille francs. On
dit qu'elle en a refusé sept cent mille francs et ne
se déferait pas de son Fortuny pour un million.
Le fait est que le *Mariage espagnol* est l'un des
chefs-d'œuvre du siècle.

Fortuny est fort apprécié, mais en somme fort
peu connu. Il existe à Paris trois maisons où l'on
peut admirer le grand maître de Reus : chez sa
veuve (née Cecilia de Madrazo, fille de Federico, sœur de Raimundo); chez les Mécènes des
peintres espagnols, l'honorable M. Stewart, qui
possède un musée, et son fils Jules Stewart,
élève de Raimundo Madrazo, que tout le *high life*
parisien choie comme homme du monde et admire
comme peintre; enfin chez M. Ramon de Errazu,
homme de goût par excellence, fort répandu aussi
et très aimé dans les cercles élégants de Paris et
de Madrid.

Fortuny est chef d'école, mais point de l'école

espagnole madrilène, car l'école espagnole pro-
prement dite n'existe pas aujourd'hui. Il y a
des peintres espagnols excellents, mais ces peintres sont de l'école française. A vrai dire il n'y a
peut-être pas plus d'école française qu'il n'y a
aujourd'hui d'école italienne, d'école espagnole
ou d'école flamande; le cosmopolitisme a envahi
l'art, et comme la capitale du cosmopolitisme est
Paris, il n'y a qu'une école, l'école parisienne,
c'est-à-dire celle du bon goût.

La vie d'atelier n'existe pas à Madrid. L'Espagne
n'est pas assez riche pour payer ses grands
peintres; dès qu'un artiste a du succès, vite il
quitte les rives du Mançanarès pour celles du
Tibre ou de la Seine. L'École des beaux-arts
de San Fernando, dont le directeur est M. de
Madrazo, a produit un grand élève français,
Bonnat, qui commença à Madrid son éducation
artistique. Madrid ne sacre pas un grand peintre
comme célébrité européenne. Parmi ceux qui
n'ont pas abandonné leur berceau artistique, je
dois vous nommer, outre l'illustre Federico et

son fils cadet, Ricardo, MM. Gomar, Sala, Casado, Beruete, Lhardy.

Il s'est formé à Paris une véritable colonie artistique espagnole, et l'on y raffole du talent de quelques-uns de ceux qui la composent. A tout seigneur tout honneur. Étiez-vous par hasard dans cette ville qu'on appelle « le cerveau du monde » en 1878, lorsque Petit exposa les cent chefs-d'œuvre de son salon au Champ-de-Mars et rue de Sèze? Là, mon jeune ami Raimundo de Madrazo fut un vainqueur. Lequel, parmi nous tous, diplomates vieux et jeunes, qui vivons, après tout, d'admiration sincère pour le talent d'autrui, lequel, dis-je, les ayant vus, n'a gardé dans son souvenir la *Sortie d'un bal masqué,* la *Pierrette, Coquelin en César de Bazan,* les *Portraits* de mesdames d'Hervey de Saint-Denis, Jacquemont, Pillet-Will, Stern?

Mon jeune collègue, si vous allez au palais de Liria, vous y verrez le *Portrait* de la maîtresse du Palais, *de la duchesse d'Albe;* si vous allez chez la duchesse de la Torre, vous verrez dans son boudoir

l'image de cette fraîche et mignonne Conchita Serrano, sa fille aînée; si vous allez chez le comte de
Villagonzalo, vous y admirerez le portrait de la
comtesse, née Torrecilla. Quels chefs-d'œuvre! Ils
sont tous dus au pinceau du plus parisien des
peintres français, au pinceau du peintre espagnol
Madrazo. Sur ses traces, et son égal dans son genre,
marche Martin Rico. Rico est le peintre de Venise;
il refait la ville des doges. Je ne connais pas de
coloriste qui lui soit supérieur. Domingo est aussi
un grand artiste et, parmi les jeunes, il serait in-
juste de ne point citer Ramon Ribera, de ne pas
louer les bonnes intentions de Luna, peintre philip-
pinois qui a un talent réel, de Rafael Ochoa qui
sera un excellent portraitiste, de Egüsquiza, des
frères Jimenez et de M. Jules Stewart, fils du col-
lectionneur, qui, bien que citoyen américain, peut
et doit être classé comme peintre espagnol, car
il fait honneur à son maître Raymond Madrazo.

Je connais peu la pléiade artistique espagnole
de Rome. Pradilla est un peintre d'histoire, un
peintre officiel, un artiste consciencieux, inspiré,

habile et très travailleur. Ses deux meilleurs
tableaux sont *Jeanne la Folle,* qui eut la médaille
d'honneur à l'Exposition de Paris en 1878, et la
*Reddition de Grenade.* La peinture est belle, la
facture excellente, le travail soutenu, les détails
soignés. Pradilla peint comme Tacite devait écrire ;
mais est-ce là le grand art ?

Pour terminer ce chapitre, voici un bouquet
composé des noms des peintres espagnols les plus
en vue. Villegas, un artiste hors ligne, qui n'a
qu'un défaut à mes yeux, celui de pasticher le
grand, l'inimitable Fortuny ; Moreno, Carbonero,
Plasencia, Melida, beau-frère de Léon Bonnat.

Comme vous voyez, l'art renaît en Espagne ;
mais, je vous le répète, n'allez pas chercher parmi
ces maîtres un genre à part ; ils sont tous tribu-
taires de Paris ; à Madrid, ils apprennent l'académie ; à Rome, ils s'inspirent des classiques ; à
Paris, ils deviennent grands artistes en gagnant
ce qui est indispensable à l'art : le goût.

# VINGTIÈME LETTRE

## LA BOURGEOISIE ET LE PEUPLE

L'Espagne est le pays du *vice versâ*. La grandesse y est démocrate et gaie, le peuple y est aristocrate et digne ; la morgue, la fameuse morgue espagnole, si elle se retrouve par hasard et par passade chez le grand seigneur, est constante chez le bourgeois.

Méfiez-vous, en deçà et au delà des Pyrénées, de tous les Espagnols qui portent une redingote : la coupe anglaise en a fait des maquignons ou des bookmakers ; mais ayez confiance dans tout descendant des Ibères porteur d'une *faja*, d'une *chaqueta;* si celui qui porte ces deux choses n'est pas un repris de justice, et par conséquent sous la surveillance de la police, c'est un très honnête homme.

Un Espagnol qui a une *novia,* une guitare, une cigarette et l'assurance de se payer un *tendido* au cirque *taurino,* possède tout ce qu'il lui faut. Il mange parfois une gousse d'ail, un plat de *gaz-pacho,* un *puchero,* une sardine, une demi-*libreta,* et boit de l'eau claire plutôt que du *tinto.* La nourriture passe chez lui après la *novia,* après *el canto,* après le *papelito,* après *los toros.* Dormir! on dort partout, même par terre. S'habiller! on a la *capa,* et la *capa todo lo tapa.* L'Espagnol est foncièrement *rumboso,* c'est-à-dire qu'il a le cœur grand, large, généreux. La fameuse phrase : *á la disposicion de usted* est une banalité dans le *high life,* une fiction dans la bourgeoisie; c'est une vérité chez le peuple. L'Espagnol pur sang est l'être le plus donnant, le plus hospitalier du monde : il offre de grand cœur et se fâche quand on n'ac-

cepte pas ce qu'il offre. Il n'a pas la prétention
de connaître autre chose que son pays. Il n'a ni
la méridionalité grecque, ni la turbulence de l'Italien, ni le sans-gêne bon enfant du paysan français : il s'observe, il exagère la dignité humaine;
il se drape dans sa morgue et rit en dedans; s'il
n'était pas sincère, il serait ennuyeux. L'Espagnol
est l'esclave d'une tenue à lui, même dans l'orgie.
En vous demandant l'aumône, il vous dit : *Her-*
*manito, una limosna por el amor de Dios* (Petit
frère, une aumône, pour l'amour de Dieu); il ne
supplie pas, non, il demande; et lui, misérable,
déguenillé, il vous traite de frère, il vous fait
l'honneur de vous accepter pour égal.

Les gens aisés, chez le peuple, sont infiniment
plus heureux; ils vivent beaucoup plus conforta-
blement que les petits bourgeois.

Chose curieuse, la masse, qui n'aime pas la
bourgeoisie, s'accommode fort bien de la noblesse. Du reste, je vous l'ai déjà dit, en Espagne
il n'y a pas de classes sociales, point de castes;
l'aristocratie est plébéienne, et par le sang et par

les goûts; le peuple est noble, et par ses parche-
mins et par ses tendances. Celui de Madrid est
resté intact, absolument espagnol; il n'a point
adopté les modes étrangères. La femme madrilène
porte toujours sur la tête le foulard ou la mantille,
l'homme le large *sombrero pavero,* point de cravate, la ceinture, la *chaqueta.*

Comme un bon diplomate, vous savez que je
commets volontiers, entre autres, le péché mi-
gnon d'être gourmet; pour satisfaire les exi-
gences de mon palais, j'ai cultivé de précieuses
connaissances dans le populaire de Madrid. Chaque matin, à 9 heures, j'allais au marché de la
plaza del Carmen. En entrant à droite par la calle
de la Montera, je m'arrêtais invariablement à
deux *puestos* de la plaza, chez la *seña* Vicenta,
chez la *seña* Paca, toutes les deux marchandes
de marée, et la première, en outre, bouchère
de par son mari, le señor Juan. Vicenta, m'a
dit sa fille, lors de mon dernier séjour à Madrid,
est vieillie et vit de ses rentes à l'Escurial. *Paca,*
la *seña* Paca, la femme qui a eu les plus beaux

yeux du monde, — et pour gendre le plus populaire des Espagnols passés, présents et futurs, Salvador Sanchez *Frascuelo,* le rival de *Lagartijo,* un des deux *primeras espadas,* — la charmante Paca est morte il y a quelques jours à peine. Pauvre Paca !

J'ai eu l'honneur (et ce fut un honneur véritable que de se trouver au milieu de tant de braves gens) d'assister à la bénédiction nuptiale de *Frascuelo.* J'étais l'invité de la seña Paca. La cérémonie eut lieu à la paroisse de San Luis, calle de la Montera, dans cette même paroisse où Adelina Patti avait été baptisée en 1843. Je n'ai jamais vu dans aucun mariage un pareil luxe déployé, une telle profusion de fleurs, de cierges, de diamants, de *mantones de manila,* de *mantillas de casco,* de dentelles admirables.

La Paca a dû laisser une fortune considérable à ses six ou sept enfants, dont trois ou quatre filles, toutes jolies, toutes ressemblant à leur mère.

Le peuple espagnol est libéral et catholique. Il

adore l'égalité et Notre-Dame. Est-il monarchiste?
Est-il républicain? Je ne saurais vous le dire. Si la
République pouvait respecter la *Virgen de la Pa-*
*loma,* il s'arrangerait de la perte de la monarchie.
Point du tout mystique ni dynastique, l'Espagnol.
Le spirituel, que lui importe? La Trinité, il ne s'en
soucie guère; le Christ, il l'admet, non pas que
ses maux le touchent, mais à cause de sa mère.
Ah! Marie, voilà le culte. Quelle adoration l'Espagnol a pour Marie, et comme cette adoration se
comprend! A ses yeux, Marie est la femme, Marie
est la jeune mère, Marie est belle, Marie est dévouée, Marie est victime, Marie est la fête du printemps, Marie est l'incarnation de la nature. Marie,
pour l'Espagnol et surtout pour l'Espagnole, est
le scapulaire de l'enfance; c'est la divinité que l'on
fête quand on aime; à Marie on offre les *narros,*
le jasmin, les œillets, les roses. Marie porte ce
doux nom qui fait rêver aux parfums des champs,
aux fleurs d'avril. L'autel de Marie est un jardin,
et c'est à ses pieds qu'on se fiance, qu'on se marie; c'est à elle que l'on voue le premier fruit de

l'amour, l'enfant nouveau-né qui devient pour les gens honnêtes le trait d'union de deux bonheurs. Marie est la pureté, la chasteté, la jeunesse, l'incarnation divine par excellence. Elle est visible, réelle, présente.

L'Espagnol est resté païen : il aime Marie parce que Marie résume en un seul mot tout ce qu'il aime.

Le peuple, en Espagne, a un esprit extraordinaire, mais un esprit décent. Son esprit est l'essence de sa morgue. Il a un proverbe *allende el Pirineo* qui le peint : *De poetas y de locos, todos tenemos un poco.* — C'est vrai, tout Espagnol est un peu poète et un peu toqué.

Les chansons populaires espagnoles ne sont jamais pornographiques, jamais risquées; ce sont des strophes d'un hymne sans fin à l'amour. Vous entendrez souvent chanter :

> Ni contigo ni sin tí,
> Mis penas tienen remedio:
> Contigo porque me matas,
> Y sin tí porque me muero.

Traduction littérale et ingénue du fameux : *Nec tecum, nec sine te vivere possum.*

> Es tu amor como es el toro
> Que adonde le llaman va ;
> El mio és como la piedra
> Donde le ponen se está.

Pas une grivoiserie, pas un sous-entendu : l'amour, la femme, et la femme élevée par l'amour à la dignité de déesse, — tel est le fond de ces poésies. Le peuple a ses jours de fête, il a ses joies intimes. Il va au théâtre. Il se répand avec gaieté, sans souci du lendemain, aux *verbenas*, — soirées délicieuses, — aux veillées de la Saint-Antoine, de la Saint-Jean, de la Saint-Pierre, de la Vierge del Carmen, de la Saint-Jacques, patron de l'Espagne. La *verbena* est à la *kermesse* ce que le raisin est au houblon, ou plutôt ce que le xérès est à la bière. La verbena est capiteuse, chatoyante ; on y respire le parfum de la verveine, des roses, des œillets ; l'air est tiède, la voûte céleste piquée de clous d'or ; les échos des güitares, des castagnettes, vous émeuvent comme les soupirs de la femme désirée. Il fait bon vivre dans une *verbena*. L'atmosphère est imprégnée d'une âcre odeur d'huile qui vous prend à la gorge, du délicieux arome des fleurs; le cœur se dilate, et l'on mange des *buñuelos,* et l'on aime et la femme, et Dieu, et la nature, et soi-même.

Non, le peuple espagnol n'est pas malheureux. Il vit content de lui, se croyant sincèrement le plus héroïque des peuples. Il est naturellement heureux, parce que ses besoins sont presque nuls; il a la conscience que les rois, — le sien ou ceux des autres, — sont tout au plus ses cousins.

La bourgeoisie, elle, me fait grand'pitié; elle est la victime de la civilisation. En voulant s'assimiler le confort français, elle n'a réussi qu'à se créer des besoins qu'elle ne peut satisfaire. L'idéal d'un bourgeois, d'une bourgeoise madrilène, est de paraître ce qu'ils ne sont pas. Leur ambition engendre leur misère. L'intérieur d'une famille de ce genre est plus que précaire. Le dîner est sacrifié au chapeau de Madame, le linge des enfants à quelques méchantes *varas* de tapis pour orner le salon. Des familles ayant pour unique ressource trois mille francs d'appointements, gagnés par leur chef dans un ministère quelconque, vont au théâtre, se montrent au Retiro, au Prado. Les femmes, les filles, portent des robes de soie, des poufs, des paletots de velours. Elles ont ce luxe de mauvais aloi, de pacotille, qu'on se paie en se serrant le ventre. Le chef de la maison ne parvient pas à s'habiller comme il faut, et, hélas! il ne mange pas. Pauvre bourgeoisie, qui a perdu sa saveur de terroir et qui s'épuise à la recherche du goût parisien!

La bourgeoisie et les *pronunciamientos* font le malheur de l'Espagne. Les seconds sont favorisés par la première, et cela se comprend. La bourgeoisie, jalousant le *high life,* se *prononce* chaque fois qu'elle croit avoir à gagner en situation par un changement de ministère. Supprimez les fonctionnaires, supprimez les politiciens, et l'Espagne sera le pays le plus tranquille du monde. Le bourgeois espagnol n'est ni libéral ni réac-

tionnaire, il est famélique. Pour satisfaire ses besoins il change bien plus souvent d'opinion que
de chemise.

C'est à cause de cela, mon jeune ami, c'est parce
que je connais cette masse intrigante, jalouse, cette
lèpre de l'Espagne, cette bourgeoisie ou *clase media* dont l'appétit inassouvi fait les révolutions,
que je ne prends pas, que je ne prendrai jamais
au sérieux la politique espagnole.

A Madrid, plus que partout ailleurs, « plus ça
change, plus c'est la même chose ». Alphonse XII
tombera, Zorrilla le remplacera au pouvoir exécutif,
les mêmes *pretendientes* feront antichambre dans
les mêmes ministères, et tant que le budget de
l'État n'aura pas cessé d'être la moderne marmite
de la *sopa boba* des couvents, l'Espagne sera con-
damnée à vivre au jour le jour, comme un malheureux poursuivi par la meute de ses créanciers.

La bourgeoisie, voilà la grande plaie espagnole.
Quand, au lieu de travailler pour paraître, elle tra-
vaillera pour être, l'Espagne sera sauvée; en monarchie comme en république, elle se montrera à

l'Europe telle que doivent la faire son histoire,
ses forces vitales et son généreux peuple; elle re-
deviendra le vaillant, le puissant pays qu'elle a
été, la grande puissance méridionale du continent.

# VINGT ET UNIÈME LETTRE

## LES PRINCES DE LA FINANCE

En tout pays les financiers sont des princes. En Espagne, s'ils ne sont pas nombreux, ils occupent une situation considérable.

Comme partout, le juif est le maître à Madrid. Ne croyez pas que, dans ce milieu dévot et catholique, la religion de M. Bauër empêche la société de faire belle et bonne mine au représentant de M. de Rothschild; pas le moins du monde. Le salon de ce fils d'Israël vient immédiatement après ceux de la grande noblesse.

M. Bauër n'est pas seulement un marchand

d'argent, c'est un charmeur et un chasseur. Il
capture les hommes au lacet, comme on capture les
alouettes. Il suit avec attention tout ce qui se lève
dans le sillon parlementaire ou dans la presse, et
dès que quelqu'un prend son vol, il fait luire à
ses yeux son miroir argenté. Ignace Bauer est un
ex-beau; il ressemble, avec un peu plus d'embon-
point, à son autre frère l'évêque défroqué, l'ancien
aumônier de l'Impératrice, qui se montre aujour-
d'hui, un peu partout à Paris, entouré de Made-
leines qu'il dispense du repentir.

M. Bauër s'est brouillé — pour redevenir son
ami intime — avec M. Albareda, une sommité du
parti libéral, ancien ambassadeur, et qui a passé
assez brillamment au ministère du Fomento.

Directeur d'une ligne très importante de chemin
de fer et gérant les intérêts de son patron en Espagne, M. Bauër s'est fait une très grande situation financière. Sa personne a beaucoup aidé à lui
attirer des sympathies. On dirait « le Christ remis
de ses douleurs », a dit de lui quelqu'un frappé de
la ressemblance, car M. Bauër est le type de l'Israé-

lite blond. Les seules affaires qu'on puisse faire
en Espagne étant les emprunts et les tripotages
avec l'État, on pourrait supposer que M. Bauër a
profité de ses relations de parti pour arrondir sa
fortune; mais si je le cite quand même comme le
premier parmi les financiers madrilènes, ce n'est
pas parce qu'il est le seul riche, mais parce que
sa réputation est la meilleure dans le monde de la
Banque.

C'est une personnalité remarquable. Sa maison
est attrayante; on y reçoit beaucoup à dîner, on
y donne des représentations théâtrales fort goûtées; on y joue excellemment la comédie de salon.
Le petit théâtre Ida (du nom de M^{me} Bauër)
a vu passer les meilleurs comédiens mondains qui
jouent en français à Madrid, et parmi lesquels je
me souviens de M. et de M^{me} Bresson, bien connus
à Paris. La comtesse Bresson, M^{me} Bauër et la
marquise d'Acapulco sont de vraies artistes; les
pièces de Pailleron et de Gondinet n'ont pas
de meilleurs interprètes. M. et M^{me} Bauër aiment
beaucoup les arts, et les peintres espagnols ont

rempli de leurs plus belles toiles le splendide hôtel de la rue Ancha de San Bernardo. Il y a là des Fortuny, des Rosales, des Sala, des Gomar, vrai musée moderne qui a coûté des sommes folles au financier israélite. Inutile d'ajouter que le riche étranger est très apprécié dans le monde des arts et des lettres. Valera, Correa, Nunez de Arce, tous les maîtres aristocratiques, sont les hôtes assidus de cette maison hospitalière.

« Les Polak », comme on dit à Madrid, juifs aussi, se sont emparés petit à petit de toutes les affaires industrielles ; ils ont mis la main partout, monopolisant le plus possible chemins de fer, tramways, électricité, bourse, banque. L'aîné des Polak est administrateur du chemin de fer du Nord de l'Espagne, à Paris ; ces Messieurs ont encore d'autres voies ferrées. Ils sont très estimés de la société madrilène. M. Georges Polak a épousé sa nièce, M<sup>lle</sup> Mathilde Polak, dont l'esprit est célèbre.

Impossible de passer sous silence le marquis de Campo, banquier, armateur, sénateur, et tous les *eurs* qu'il vous plaira d'ajouter au nom le plus discuté de la haute finance. La roublardise des enfants de Valence se résume en lui, avec quelque chose en plus ou en moins, à votre choix. Il a tout accaparé : tabac des Philippines, chemin de fer de Valence, bateaux à vapeur au service de l'État, une mine d'argent. Bref, dans son palais du *paseo de Recoletos*, où il travaille de 7 heures du matin à 7 heures du soir, remuant le monde financier à soixante-quinze ans, il trouve toujours le temps de mystifier quelqu'un, ce qu'il adore. On lui fait une guerre effroyable et ses démêlés universels sont célèbres. Ses biens sont toujours au nom d'un autre. Un jour, un créancier de plusieurs millions voulut faire du scandale et se présenta au palais de Recoletos ; il y saisit le lit de M. le marquis, la seule chose qui lui appartînt et que d'ordinaire la loi protège. Ce qu'on a plaisanté sur ce lit ! Tous les journaux en ont fait des chroniques, car la presse prend chaque jour à partie M. de Campo et ne se tait qu'à force de subventions. Aussi craint-il les journalistes comme la peste. Étrange personnalité que celle-là ! D'une part il protège ses compatriotes les Valenciens, crée pour eux des écoles, des hôpitaux, des maisons de retraite ; d'un autre côté, il laisse mourir de faim les voyageurs qui ont le malheur de prendre passage sur ses bateaux. Tantôt il accapare l'exploitation des tabacs, tantôt il vend sa flotte espagnole. On voit à sa table M. Canovas cadet, M. Martos, le comte Sedano, les ministres du passé et ceux de l'avenir. Dans sa chasse princière de Vinuelas, à deux pas de Madrid, il a beau réunir les notabilités de tous les partis, ses hôtes ne se gênent pas, en retour, pour lui faire des misères. Il plaide pour la moindre chose, même quand il sait d'avance que sa cause est perdue. Sa fortune est l'imbroglio le plus comique du monde, et, quand il mourra, ses héritiers mettront trente ans à découvrir ce qu'ils possèdent. Après une vie financière plus qu'accidentée, le marquis de Campo laissera un nom dans la haute banque. Il a été créé marquis par don Alphonse, mais mourra sans voir se réaliser son rêve, sans être duc de Vinuelas.

Un autre marquis, fraîchement titré, — c'est le roi Amédée qui l'a anobli, — mais tout-puissant dans le monde des affaires, est M. San Miguel, marquis del Cayo del Rey et le plus grand boursier de France et de Navarre. A Paris, où il fait un voyage tous les trois mois, on le voit vers midi, au café Anglais, donnant des ordres aux coulissiers qui viennent les solliciter le chapeau à la main. A Londres, les gros financiers le respectent et le craignent. A Madrid, un mot de M. San Miguel suffirait pour changer l'allure de la Bourse. Excessivement fort en affaires, sa fortune est immense et sa rondeur célèbre. Il a épousé la fille du général Gandara, personne très respectée, ayant une fille aînée d'une beauté éclatante. Quelle ambition a le redoutable marquis? Nul ne le sait, et ses calculs politiques, ne se cotant pas à la Bourse, sont inconnus. M. Zorrilla, peut-être, en pourrait dire quelque chose. A l'occasion des célèbres conférences de Biarritz, lorsque tous les chefs républicains s'y rencontrèrent il y a cinq ans, M. San Miguel, qui ne s'était jamais occupé

de politique, s'y rendit et, à la fin d'un dîner donné
par Eusèbe Blasco aux représentants de la presse,
se révéla comme démocrate dans un discours fort
applaudi. Mis en rapport avec lui par l'écrivain
espagnol, M. Zorrilla, charmé de la recrue, imposa
le marquis comme candidat aux Cortès dans son
adoré district de Burgo de Osma, là où sont ses
fidèles, ses parents et ses amis dévoués. C'était la
plus grande preuve d'estime que pût donner à un
homme le chef des révolutionnaires. Le marquis
fut élu à une majorité colossale. Huit jours après,
il abandonnait son nouvel ami et se rangeait parmi
les libéraux dynastiques.

Salamanca et Manzanedo morts, la haute finance
a perdu de son influence de jadis. Le marquis de
Loring, beau-père de M. Francisco Silvela, et cent
autres banquiers, ne sont que des prêteurs à l'État
profitant de la politique pour faire leurs affaires.
Je ne vous parlerai pas des banquiers français qui
jouent en ce moment un rôle dans les finances
espagnoles. Ce sont vos amis, et vous les connaissez mieux que moi.

# VINGT-DEUXIÈME LETTRE

## LES GRANDES FAMILLES

A Madrid vous croirez revivre l'histoire en coudoyant les Alba, les Abrantès, les Osuna, les Medinaceli, les Pastrana, les San Lucar, les Monistrol ou les Puñonrostro. Mais cette noblesse est pour ainsi dire regreffée sur des arbres nouveaux ; vous allez en juger.

La grandesse fut instituée par Charles-Quint, à son retour du voyage qu'il avait fait en Allemagne pour être sacré empereur. Voulant imiter en tout Charlemagne, il nomma 12 *grands,* correspondant aux 12 *pairs* du Grand Empereur.

Voici les noms des élus :

Le duc de Medina Sidonia;

Le duc d'Albuquerque;

Le duc del Infantado;

Le duc d'Albe;

Le duc de Frias;

Le duc de Medina de Rioseco;

Le duc d'Escalona;

Le duc de Benavente;

Le duc de Najera;

Le duc d'Arcos;

Le duc de Medinaceli;

Le marquis d'Astorga.

Medina Sidonia s'appelait alors Guzman, aujourd'hui Tolèdo; Alburquerque, Cueva, aujourd'hui Osorio; Infantado, Mendoza, aujourd'hui Arteaga; Alba, Toledo, aujourd'hui Stuart; Frias est toujours Velasco; Medina de Rioseco, Enriquez, aujourd'hui Giron; Escalona, Pacheco, aujourd'hui Giron; Benavente, Pimentel, aujourd'hui Giron; Najera, Manrique, aujourd'hui Guzman; Arcos, Ponce de Leon, aujourd'hui vacant; Medinaceli, Lacerda, aujourd'hui Cordova; Astorga, Osorio en 1465 comme de nos jours.

Le titre et le nom patronymique font deux en Espagne; or, comme les titres peuvent se transmettre par les femmes, il en résulte que le pays possède une démocratie vraiment noble, pauvre et déconsidérée, avec une aristocratie bourgeoise, plus que plébéienne. Je m'explique. Des grands noms du royaume sont portés par des parvenus, et la *sangre azul* se trouve parmi les moyennes et les dernières couches sociales.

Vous trouvez dans le peuple, parmi les artisans, des Guzman, des Lacerda, des Benavides, — les plus vieux noms de Castille portés humblement mais dignement. Seules, peut-être, deux maisons ont gardé la filiation mâle : les Astorga et les Osuna.

En Espagne, il y a, tout comme des rois consorts, des ducs, des marquis, des comtes consorts. Ces nobles par leurs femmes ont une ethnologie spéciale; ils ne sont pas ducs, marquis, etc.; on les appelle *duquesos, marquesos, condesos*. Ainsi M. Rosalès, capitaine d'infanterie de marine, est duc de par son mariage avec la duchesse de Almodovar del Valle. M. Manuel Falcos, marquis de Almonacid, de la maison princière des Pio, fait honneur au titre de sa femme; il le relève même; mais les autres *os* sont illustrés uniquement par leur mariage.

La vieille noblesse de Castille est morte; voyez dans la *Guia :* il y a trois ou quatre titres datant de 1300 ou 1400; deux douzaines à peine de 1500; un certain nombre de 1600 et 1700; la majeure partie date de notre siècle. La noblesse et le vin sont les seules choses qui gagnent à vieillir, et l'*aristocratie* (non pas la noblesse, qui est fort *linajuda*), est trop nouvelle pour avoir eu le temps de se bonifier. Ne parlons pas des nobles modernes; à part les noms illustrés sur le champ de bataille, vous rencontrez des marquis, des comtes dont les pères ou les grands-pères étaient pour la plupart des commis de magasin; on en cite qui ont été eux-mêmes *marchands d'ébène*, c'est-à-dire négriers; et, Dieu me pardonne, il existe un comte dont le père, m'a-t-on assuré, était pédicure.

Il faut donc en rabattre sur les quartiers castillans et dire comme en Castille : *De dinero y calidad la mitad de la mitad.*

La maison actuelle de Medinaceli, dont les deuils ont suspendu les superbes fêtes d'autrefois, est l'une des premières. Elle maintient toujours ses droits à la couronne, que ses ducs revendiquent chaque fois que le trône est vacant, ne tenant d'ailleurs qu'à affirmer par là une royale origine.

La duchesse, qui est veuve, a été et est encore une des beautés les plus célèbres de l'Espagne. Elle a une démarche telle, qu'il est impossible de l'apercevoir sans demander qui elle est, tant elle attire tous les regards. Elle reçoit dans son palais de la carrera de San Jerónimo, qui conserve le beau style du XVIIᵉ siècle. Son nom d'Angela la peint à merveille, car sa beauté a été véritablement angélique. Très supérieure à beaucoup de grandes dames espagnoles, elle lit, elle cause, s'intéresse à ce qui se passe à l'étranger. Issue d'une bonne

maison andalouse, elle est fille du comte de Peñaflor. La comtesse de Peñaflor avait trois filles et
un fils. Elle arriva à Madrid, et fit épouser deux de
ses filles par deux grands noms de Castille, le duc
de Medinaceli et le duc de Feria; la troisième,
Carmen, plus modeste que les deux autres, avait
épousé un gentilhomme riche, le marquis de Villaseca. Devenue veuve, la blonde marquise se re-
maria en secondes noces avec un Saavedra, membre de la maison ducale de Rivas, qu'on appelle
les *Cobourgs d'Espagne*. Alphonse XII a donné, en
1875, à M. Ramiro Saavedra le titre de marquis
de Villalobar; si bien que le *V* de Villaseca, gravé
ou incrusté dans la vaisselle plate de la marquise,
sert on ne peut mieux dans le nouveau ménage.
L'ex-duchesse Casilda, belle-fille de la duchesse
Angela, fille du marquis de La Torrecilla, est mariée en secondes noces à M. Henestrosa, comte
de Estrada, cadet de la famille de Villadarias.

Voulez-vous juger des titres d'une maison? Les
ducs de Medinaceli sont : ducs de Feria, de Alcala,
de Camiña, de Cardona, de Santisteban, de Se-

gorbe; marquis de Alcala de Alameda, de Aytona, de Comares, de Cogolludo, de Denia, de Malagon, de Montalban, de las Navas, de Pallares, de Priego, de Solera, de Tarifa, de Villafranca, de Villalba, de Villareal; comtes de Alcoitia, de Ampurias, de Buendia, de Castellar, de Cocentaina, de Medellin, de Molares, de Osona, de Prados, del Risco, de Santa Gadea, de Valenza y Valadares, de Villalonsa; vicomtes de Bas, de Cabrera, de Villamur.

En face du palais des Medinaceli s'élève celui des ducs de Villahermosa, aussi célèbre que le précédent par sa richesse, et habitation d'une grande famille illustre entre toutes. Les Villahermosa forment la première maison de la noblesse aragonaise. Cervantès les a immortalisés dans son œuvre. Quand Don Quichotte rend visite aux *Ducs*, il s'agit des Villahermosa. Un des titres de la maison est celui de comte de Luna, du *Trouvère*.

Les grandes familles espagnoles ont la passion des lettres et les poètes y sont reçus avec faveur. Le palais de la rue Santa Isabel, résidence des ducs de Fernan Nuñez, est le plus brillant de Madrid.

Les Fernan Nuñez sont une grande maison, quoique leurs trois titres de duc soient loin d'être anciens : Fernan Nuñez est de 1817; Arcos, de 1770; Montellano, de 1705. M^me Pilar Osorio, qui est la duchesse, épousa M. Manuel Falcó y d'Adda, troisième fils du prince Pio ; le duc a relevé grandement la maison de sa femme; il a fait prospérer la fortune des Cervellon. Grâce à cet immense capital, il est devenu la personnalité que l'on connaît. Fernan Nuñez est un éclectique silencieux; Mazarin l'eût appelé un heureux. Isabelle II lui donna le grand cordon de Charles III, la Révolution le fit sénateur, le roi Amédée lui octroya la Toison d'or, la République l'envoya siéger au conseil municipal de Madrid où il devint adjoint au maire, *teniente de alcade;* enfin la Restauration le nomma sénateur à vie et lui confia l'ambassade de Paris. Fernan Nuñez a une nonchalance apparente, dont il ne se départ jamais et qui cache la plus grande habileté.

La fille de la duchesse de Fernan Nuñez, M^{lle} Rosario Falcó, a épousé le duc de Huescar, devenu duc d'Albe par la mort de son père. Le duc d'Albe est comte del Montijo par sa mère, la sœur adorable de la belle Eugénie de Guzman, qui fut impératrice des Français.

La duchesse de Bailen, dont le mari vient de mourir, compte aussi parmi les grands personnages de la cour, et son palais de la rue d'Alcala est, quoique moderne, aussi somptueux que les autres.

Née Collado, elle appartient par sa naissance à la bourgeoisie. Son père était un financier fort riche, très libéral, ami d'Espartero. Aujourd'hui la duchesse croit se faire pardonner sa roture en affichant des sentiments ultra-conservateurs; elle a obtenu dernièrement du pape le titre de duchesse de Castrejon. Son mari était un bon enfant, de la maison de Carondelet; il hérita, par les femmes, du titre gagné par le maréchal Castaños sur le champ de bataille de Bailen.

La duchesse de Prim est née Agüero; elle est

Mexicaine; misanthrope, elle déteste le monde,
n'y connaît personne et reste tranquillement chez
elle. La pauvre femme est malade depuis tantôt six
mois. Elle a deux enfants : Juan Prim, duc de los
Castillejos et Isabel, qui a épousé une Hérédia, de
la famille des négociants de Malaga.

Tout près encore est le petit hôtel du duc de
La Torre, qui était, avant la mort du maréchal,
le rendez-vous du tout Madrid, ou mêlé ou trié;
il s'y donnait tantôt une fête aristocratique et
princière, tantôt une fête démocratique, selon que,
tour à tour, le duc montait au pouvoir ou en des-
cendait.

Si la politique exige bien des concessions, le
maréchal Serrano les a toutes faites, et il est
naturel que conservateurs et démocrates, révolutionnaires et alphonsistes, aient passé par le petit
hôtel, vrai pont d'Avignon de l'Espagne moderne.

Le maréchal et sa femme étaient cousins ger-
mains. M^{me} Serrano, mère du maréchal, née Dominguez, était sœur du père de la maréchale et de
la mère du général Lopez Dominguez. En 1847,

la reine Isabelle donna à M. Dominguez le titre
de comte de San Antonio, titre porté aujourd'hui
par l'aîné des fils de la duchesse, que le pape vient
de démarier, le déclarant impropre au mariage.
La duchesse a été aussi capricieuse que belle,
aussi belle qu'ambitieuse ; possédée de l'amour
de la spéculation, elle est joueuse par tempérament ; quelqu'un a dit d'elle : « C'est la cote de la
Bourse faite femme. »

Il n'y a personne de plus discuté qu'elle à Madrid, où elle trône depuis trente années, tantôt
élevée sur le pavois, tantôt décriée avec acharnement.

D'une beauté admirable, altérée de gloire, co-
quette irrésistible, je vous laisse à penser ce que,
par sa situation doublée de son caractère, elle a
dû provoquer d'envie, dans un pays où, selon
l'expression d'un mien ami, la jalousie est le vice
national et la fierté la maladie climatérique.

Prenant des airs de reine, après avoir été la
Régente, elle a, comme M. Canovas, un souverain
mépris pour les hommes. Je ne voudrais, pour

châtiment à la duchesse, que l'obligation d'épouser Canovas, maintenant qu'elle est veuve.

On la craint et on la recherche, ce qui est d'un assez curieux effet lorsqu'on arrive à Madrid. Vous entendrez tout le monde la critiquer et vous trouverez tout le monde chez elle. On vous dira qu'elle n'a aucun savoir-faire politique, et vous vous apercevrez que son hôtel est la grande usine de la politique. Son rire est plein de malignité féminine et lui va très bien. Personne à Madrid n'a, comme la maréchale, l'abord froid et la grâce attractive. La médisance, à l'affût de ses moindres démarches, l'accuse de tant de choses et la poursuit à tel point, qu'elle a fini par la rendre sympathique.

La duchesse m'a dit, un jour, que sa vie avait été un triste esclavage soumis aux combinaisons politiques du maréchal. Toutes les approbations ont été pour lui, tous les blâmes pour elle. Son habileté de femme a toujours été au service de son mari. Dans tous les cas, la maréchale est l'une des figures les plus intéressantes de l'Espagne contemporaine. Elle a été Reine de beauté, et si elle a des jaloux, elle a aussi de vrais et sincères amis qui lui sont et lui resteront toujours dévoués à Madrid comme à Paris.

Le principal salon de M^{me} de Buschental est sa loge, une avant-scène du rez-de-chaussée au Théâtre-Royal, juste au-dessous de la loge royale. Elle ne reçoit chez elle que deux fois par semaine, les jours où l'opéra fait relâche. Aussitôt la saison musicale finie, la mondaine fait ses malles et arrive à Paris, où elle habite le premier étage de l'hôtel Continental; la colonie espagnole l'entoure dès qu'elle apprend son arrivée. Elle a un salon d'hommes; rarement vous y verrez une femme, quoique elle soit au mieux avec l'aristocratie madrilène.

Maria Pereira, fille d'une baronne brésilienne, épousa vers 1830, à Rio, M. Buschental. La baronne était l'amie de don Pedro I^{er}, empereur du Brésil; mais Maria (comme tout le monde la nomme à Madrid) n'est point, ainsi qu'on en fait courir le bruit, une bâtarde de Bragance.

Buschental était issu d'une famille d'origine

israélite de Strasbourg. Sa première nationalité fut donc la nationalité française. Il arriva à Madrid déjà marié, se fit Espagnol, obtint même d'être élu député aux Cortès; mais quand il voulut parler, il provoqua une si complète « hilarité générale », qu'il dut renoncer à son charabia franco-hispano-alsacien.

Il mena grand train, fut le maître de Salamanca, se mêla à toutes les affaires espagnoles et finit par sombrer. Il partit alors pour Montevideo, refit une fortune, se fit naturaliser citoyen de la République orientale et représenta même sa troisième patrie à Naples. De retour dans l'Amérique du Sud, il brassa les affaires de l'Uruguay, du Paraguay, de La Plata, et en 1870 vint à Londres, où il trépassa, laissant à sa femme des affaires très embrouillées, mais au fond une grande opulence. Maria Buschental se reconnaît elle-même cinq amis plus intimes que les autres : les deux premiers, deux gentilshommes, fort beaux, sont morts; le troisième, un comte de..., quitte rarement Paris; le quatrième, charmant homme

devenu sénateur, habite l'Espagne ; le cinquième
était officier d'artillerie ; il s'est éteint à Saint-
Sébastien il y a quatre ans ; Dieu ait son âme !

Maria Buschental, qui pose pour l'excentricité,
est la femme la plus saine d'esprit, la plus sage
des bourgeoises ; elle a perdu bien des illustrations de son entourage, et il n'y a rien d'étonnant
à ces vides naturels : Maria a juste 70 ans ; elle est
née en 1815.

C'est la seule grande dame qui soit républicaine
et confesse ses opinions à haute voix. Pourquoi est-
elle républicaine? On l'ignore. Sous le règne de la
reine Isabelle, Maria de Buschental était l'une des
intimes à la cour ; elle tutoyait Sa Majesté. Aujour-
d'hui la richissime Brésilienne est une grande
puissance dans l'opposition. Elle s'honore surtout
de son intimité avec Ruiz Zorrilla.

La loge de M^{me} de Buschental peut recevoir
trente personnes, attendu que les avant-scènes
à l'Opéra de Madrid sont de véritables salons. On
voit dans celui de la grande factieuse les hommes
les plus remarquables de la politique et des lettres :

Castelar, le duc de Fernan Nuñez, Lopez Dominguez
et cent autres, tous éminents à un degré quelconque. L'apparition de M^me de Buschental au théâtre
est toujours un événement, car elle porte chaque
soir une toilette nouvelle; elle joint au goût de la
richesse le goût de l'élégance. Elle se fait habiller
à Paris, et je la soupçonne de présider elle-même
au choix des étoffes et du style de ses robes. Encore très gaie, très vive, spirituelle, d'une énergie
indomptable, son amitié est aussi sincère que sa
haine. Je ne conseille à personne de l'offenser,
car on peut craindre son inimitié: elle est redoutable.

Les haines espagnoles me rappellent un grand
nom et un exil volontaire. Vous êtes allé à Biarritz
et vous avez remarqué la villa Frias, à l'entrée
de la route de Bayonne.

Le duc de Frias, orphelin de père, eut à sa
majorité cinq cent mille francs de rente; riche,
beau, intelligent, instruit, il ne fut jamais heureux.
Pepe Frias savait que sa naissance avait été cause
de bien des tourments pour sa mère. Tout duc,

tout connétable de Castille qu'il fût, il était né triste. Sa sœur, la duchesse de Escalona, bossue, lui fit un procès qu'elle gagna, et sa fortune en fut quelque peu ébréchée. Malgré ses succès de tout genre, il quitta l'Espagne, parcourut l'Europe et alla s'établir à Londres. Il y devint l'ami du *high life,* des plus grandes personnalités anglaises, l'intime de Derby, de Clarendon, de Granville. Rentré à Madrid, il fréquenta la légation anglaise et tomba éperdument amoureux de la femme du ministre. Lady Crampton était une beauté, mais aussi une vertu, la plus honorable des femmes. Sir John Crampton, étant à Pétersbourg, avait vu cette admirable créature au théâtre, où elle n'obtenait qu'un maigre succès comme artiste. Malgré son âge, le diplomate britannique lui offrit sa main. La jeune fille l'accepta et vint représenter à Madrid la beauté anglaise. Frias était dans la fleur de l'âge, lady Crampton dans l'épanouissement de sa beauté; ils se rencontrèrent, ils se plurent, ils s'aimèrent; mais lady Crampton ne voulut pas trahir la foi jurée et préféra un scan-

dale à l'adultère; un beau jour elle quitta son
vieil époux, partit pour Londres, prouva par devant les juges que son mariage n'avait pas été
consommé, et se rendit à l'autel couverte de fleurs
d'oranger. Elle devint duchesse de Frias. Le jeune
ménage eut le tort de rentrer en Espagne, où sir
J. Crampton exerçait toujours ses fonctions di-
plomatiques. Ni la Reine, ni la société ne voulu-
rent les recevoir; le duc rendit à Isabelle II sa clef
de chambellan et son grand cordon de Charles III,
méprisa les scrupules par trop sévères du monde
madrilène, et partit pour Biarritz. Il ne retourna à
Madrid que cinq ans plus tard; hélas! pour voir
mourir, en 1871, celle qu'il avait si tendrement
aimée. Le duc, qui a trois enfants de sa première
femme, est remarié depuis trois ou quatre ans à
M<sup>lle</sup> Carmen Pignatelli, fille du comte de Fuentes,
jeune fille de grande maison, mais sans aucune
fortune.

Le duc est malheureux; il est vieilli, il est
aigri; cependant il reste, dans ses malheurs, le
type parfait du grand seigneur.

Je ne puis même vous nommer toutes les
grandes familles d'Espagne : après avoir cité le
duc d'Ahumada, le marquis d'Ayerbe, le marquis
de la Torrecilla, le marquis de Valmediano, les
Hijar, les Santa Coloma et mille autres, je com-
mencerais à peine. On ne peut compter les grains
de sable de la mer. C'est avec toutes ces grandes
familles que M. Canovas a inauguré son gouvernement de la Restauration. Il a eu comme préfets, députés, sénateurs, la plupart de ces messieurs. Les « grands » sont dévoués au Roi, ils
l'aiment; cependant, si j'étais Alphonse XII, je me
rappellerais quelquefois, pour ne pas me faire
illusion, qu'au premier coup de fusil populaire,
en 1868, ils prirent tous la route de la frontière
et coururent se plaindre à Paris des progrès du
siècle.

# VINGT-TROISIÈME LETTRE

## LE GRAND MONDE

A Madrid, vous vous demanderez où commence le grand monde et où il finit. Toutes les portes y sont ouvertes, il n'y a pas de caste fermée. La facilité des relations est unique dans la capitale de l'Espagne. Le noble et le financier, le « grand » et les personnages dont les idées sont le plus *collet monté,* sont charmants dans le commerce de la vie, simples de manières, avenants dans la meilleure expression du mot; vous en aurez la preuve dès votre arrivée. C'est vous dire que la fierté espagnole, devenue proverbiale, n'existe que si elle est froissée. Observez-vous bien à cet égard ; nul plus que l'Espagnol ne se formalise vivement, quoiqu'il soit le plus franc et le plus sans-façon des hommes. Ce qu'on appelle la « bonne franquette » de l'intimité parisienne est le ton habituel de la meilleure société madrilène.

Tout le monde se connaît. Une présentation est inévitablement accompagnée de l'offre mutuelle de la maison, et vous pouvez accepter l'hospitalité sans crainte de trouver jamais mauvaise mine ou mauvais accueil chez personne.

Depuis deux ou trois ans, les dames espagnoles ont pris un « jour » ; mais on va partout, n'importe quand ; les visites, les petites soirées, les comédies de salon, les dîners, les promenades occupent la vie ordinaire des Madrilènes. On se couche à 2 ou 3 heures du matin, on se lève à 10, et l'on n'a pas d'autre souci que celui de se distraire. Pour un jeune homme comme vous, Madrid est la terre promise. Durant six mois de l'année, le temps vous manquera pour vous amuser.

Il y a pourtant le grand, grand monde. Étudiez votre guide officiel, avant d'aller à Madrid. Il vous apprendra les noms de 243 grands d'Espagne, 96 ducs, 900 marquis, 717 comtes, 100 vicomtes, 36 barons, bien entendu pour toutes les Espagnes; mais les deux tiers habitent Madrid en hiver. Votre guide vous apprendra surtout qu'il y a dans l'année dix jours de gala, onze jours de demi-gala, une saison d'opéra ou plutôt de salons permanents dans lesquels on reçoit quatre fois par semaine; une promenade charmante au Retiro, des courses de taureaux, des courses de chevaux, les concerts du printemps et les jours de mode au Théâtre-Espagnol et à la Comédie. Si avec cette série vous vous ennuyez, c'est que vous êtes blasé sur tous les plaisirs.

Votre premier soin doit être de vous abonner à l'Opéra, que vous aimiez la musique ou non. Mieux vaut même que vous ne l'aimiez pas; vous partagerez cette indifférence avec le grand monde madrilène. Le peuple seul, placé dans l'immense poulailler du haut, écoute à l'Opéra la musique qu'il

16

adore. Dans chaque loge qui, je vous l'ai dit, est
un salon, on visite ses amis; ordinairement, les
premières connaissances et les présentations se
font là.

Le *tout Madrid* monte plusieurs fois par semaine
le magnifique perron de l'un des plus beaux théâtres
d'Europe. A la sortie, dans le grand foyer, en at-
tendant les voitures, vous pourrez papillonner
une heure encore de groupe en groupe, admirant
sous les dentelles les plus beaux yeux que vous
ayez rencontrés dans vos voyages.

Les Madrilènes sont charmantes, et très co-
quettes dans le bon sens du mot. A Madrid, la
galanterie est un culte et les femmes y sont plus
gâtées qu'en aucun pays de la terre. Tout le
monde est amoureux et jaloux; on flirte tant qu'on
peut, et, en même temps qu'on siffle au théâtre
un mot d'allure un peu leste, — car on tient à la
moralité dans l'art, — on accepte très bien pour
soi cette situation que, du temps de Stendhal,
on appelait en Italie *triangolo equilatero*.

Donnez le bras en toute occasion, multipliez les

soins, les attentions; vous plairez beaucoup. Ne vous gênez pas pour débiter ce que partout ailleurs on prendrait pour une déclaration et qu'en Espagne on considère comme des fleurs de la conversation, *flores* dont tout le monde connaît le répertoire et dont tout le monde use. Depuis le voyou de la rue, qui lance à haute voix des *flores* à toute jolie femme qu'il croise, jusqu'au *gentleman* qui choisit les plus belles phrases à débiter, la vie espagnole est une espèce de cour d'amour à la — moderne, où la poésie tient la grande place.

Les vers y sont en grand honneur et vous entendrez le poète Grilo récitant ses belles compositions. Campoamor, Nuñez de Arce, Pelayo, Valera, ne peuvent suffire aux demandes qu'on leur adresse de réciter des vers inspirés par la virile muse espagnole.

De beaux hôtels, de vieux palais, des appartements somptueux, reçoivent à la fois aristocratie, hauts fonctionnaires, généraux et financiers, poètes et romanciers. Ce qui fait le charme de ces réunions, c'est la noblesse des sentiments, la

tolérance de ce grand monde, où Castelar et Canovas, Martos, Carvajal, carlistes et démocrates, se
tutoient, se croisent, s'abordent et s'aiment, car
l'Espagnol n'a pas de rancune.

Durant la saison, vous aurez des bals chez le
duc de Fernan Nuñez, dont les fêtes ont l'éclat
des grandeurs anciennes, chez les Romana, chez
les Medinaceli, etc. Les bals costumés, les soirées données par le corps diplomatique abondent.
Les rois ont honoré de leur présence quelques-
unes des maisons espagnoles que je vous ai citées.

Les femmes s'habillent avec beaucoup de richesse, mais avec assez peu de goût ; elles portent
leur chapeau, comme leur mantille, en arrière de
la tête, ce qui donne aux coiffures un aspect tout
différent de celui qu'elles ont à Paris. C'est encore
Paris qui fournit les toilettes à Madrid, mais au
goût de Madrid naturellement, ce qui n'est plus tout
à fait le goût parisien. Le luxe des fêtes madrilènes
vous frappera d'autant plus qu'on ne soupçonne
pas, dans une ville pleine de mendiants et de gens
malpropres, les trésors cachés derrière les murs

des maisons anciennes à grands balcons en relief, aux portes à clous du temps de Philippe IV. C'est moi qui ai dit que Madrid est une vilaine personne avec une âme d'or.

Les hommes sont très corrects, très élégants; ils suivent les modes anglaises. Excellents cavaliers, ils aiment tous les sports. Le premier pour eux est la course de taureaux; vient ensuite le tir au pigeon, pour lequel les tireurs se recrutent dans la grande aristocratie. Le roi Alphonse y est très assidu et gagne souvent la poule. Depuis quelques années, Madrid possède un hippodrome avec trois jours de courses où l'on déploie un luxe effréné de toilette. Les assauts d'armes sont fréquents et les bons tireurs nombreux.

Dans un espace de cent mètres carrés, vous trouverez le Casino, le Veloz-club et le Gran-Peña, les trois clubs élégants de Madrid; vous irez, après le théâtre, y causer jusqu'à l'aube taureaux et politique, — les deux grands et presque uniques sujets dont on s'entretienne dans le monde. Si cela vous ennuie, vous pourrez faire votre partie

de baccarat. Le jeu a traversé la frontière, et il a
rapidement passionné.

Ces trois clubs sont tous très comme il faut;
mais vous vous plairez davantage au Veloz, rendez-
vous de la jeunesse dorée dont vous ferez tout de
suite partie. En sortant, jetez sur vos épaules votre
*capa* à doublure rouge ou blanche, qui va si bien
sur l'habit. Vous entendrez en rentrant chez vous
les adorables mélodies lointaines des guitares,
*chulas*, qui semblent la voix de cette ville sans
pareille où l'amour, la poésie et la musique em-
pêchent de penser aux choses sérieuses.

# VINGT-QUATRIÈME LETTRE

## LE CORPS DIPLOMATIQUE

Entre nous, mon jeune ami, nous sommes quelque peu poseurs, nous, messieurs les diplomates; avec notre inviolabilité et notre droit d'exterritorialité, nous nous prenons au sérieux dans tous les actes de notre vie, ce qui est excessif. Nous nous croyons barbouillés de l'huile sainte qui sacrait jadis les augustes personnes de nos seigneurs et maîtres, élus du Tout-Puissant. A Madrid, nous sommes obligés de nous donner trop de peine, en vérité. Dans cette ville *del oso y del madroño*, nous avons à faire de grands frais;

il nous faut estropier la belle langue de Cervantes ; il faut que nous soyons archi-polis, même empressés, pour nous faire admettre dans le courant de la société madrilène.

A Madrid, un ministre, un secrétaire, un attaché ne sont presque rien, et messieurs les Espagnols s'en montrent par trop dédaigneux. Peut-être en définitive ont-ils raison de faire assez peu d'attention à nous. Qu'est-ce qu'un diplomate au bout du compte ? Un oiseau de passage : grue, canard, aigle ou pluvier doré, il y a de tout dans la carrière !

Aucun de mes anciens collègues n'est plus à Madrid, mais ceux qui y sont aujourd'hui, je les ai connus ailleurs et suis à même de vous dire quelque chose sur eux.

Le comte de Solms Sonnenwalde est un peintre médiocre et un chef de mission de bonne facture. Il est en bois, mais en bois articulé. Il parle peu, sourit souvent, salue élégamment ; il est bien en cour, bien dans le monde ; il fait les biographies et les portraits de beaucoup de gens ; sa prose, il l'envoie à Berlin ; ses croûtes restent à Madrid,

ornant les boudoirs des mondaines de la cour d'Espagne. Froid, compassé, on ne lui connaît pas de
tendresse ; il n'a sans doute pas le temps de penser à l'amour. Les agents allemands étant forcés
d'adjoindre à leurs fonctions de diplomates les
nobles attributions de chefs de police, ils n'étu-
dient plus, ils surveillent les hommes politiques
du pays où ils sont accrédités.

Les secrétaires et les attachés du comte de
Solms sont des personnages décoratifs qui *figu-
rent*. Ils ont l'air d'être en vraie tapisserie, mais
ne vous y trompez pas, ils sont en toile peinte. . .

L'Autriche est représentée par le comte Victor
Dubsky, jadis fort bel homme. Deux cheffesses
de mission, une baronne et une comtesse, se
disputèrent son cœur. La comtesse polonaise
l'emporta, dit-on, sur la baronne batave. Depuis
lors, le comte Dubsky est marié ; il a tout oublié
en fait d'amour ; a-t-il appris quelque chose en
diplomatie ? Fort heureusement l'Espagne et l'Autriche n'ont pas de raisons pour être mal ensemble, et, nulle complication ne pouvant surgir,

Dubsky, comme agent de paix, vaut son pesant
d'or. Et puis, il porte si bien le frac! Il est si
merveilleux en uniforme hongrois!

L'un des nombreux Zichy de l'Empire austro-
hongrois est le secrétaire du comte Dubsky. Est-il
bien, est-il mal? Ni mal ni bien. Il est Autrichien,
et cela veut tout dire en diplomatie, le diplomate
autrichien étant le type de l'élégance diplomatique.
Il danse, rit et salue à merveille. Dès qu'on s'occupe de quelque chose de sérieux, il devient une
vivante énigme, ayant découvert que le meilleur
moyen de ne pas s'engager, de ne pas se trahir,
est de se taire.

- Le baron des Michels vaut mieux que sa réputation. Il pose pour le casse-cou, et n'est qu'un
*cascarrabia.* Ses histoires avec l'administration
espagnole sont légendaires. Des Michels n'a qu'un
défaut : il n'était pas mûr pour une ambassade;
il n'est pas à la hauteur de sa situation; mais
comme agent, il est loin d'être médiocre, et
comme homme, il est gracieux, obligeant. Au
fond, des Michels ne compte que des amis à Ma-

drid et partout où il a été, quoiqu'il soit ce qu'on appelle, en France, un *braque*.

Je passe sous silence le personnel de l'ambassade française. Ils font si peu parler d'eux, messieurs les membres de la nouvelle couche sociale de la diplomatie républicaine ! Pas brillants, pas entreprenants, pas hommes du monde, voilà leur bilan ; il faut une seconde génération pour prendre ton.

M. Albert Blanc, ministre d'Italie, baronnifié de fraîche date, a l'air plutôt d'un chef de cuisine que d'un chef de mission. Mais gare à la question qu'il traite, car Blanc sait mieux que personne lier la sauce ! Blanc n'est pas Italien, il est Français ; et quoique Français, comme il est sujet italien, il déteste naturellement la France de tout son cœur. Il est né en Savoie de parents dont la situation était plus que modeste. Cavour, qui se connaissait en hommes, le prit pour secrétaire, ainsi que Nigra. Blanc resta attaché au grand politique et demeura au ministère jusqu'au moment où il quitta l'Italie pour aller, comme chargé d'affaires, en Autriche. Son séjour à Vienne ne fut pas long; il était trop bourgeois pour la cour la plus aristocratique de l'Europe. Revenu à Florence, il fut le chef de la délégation italienne qui entra à Rome pour prendre possession de la ville éternelle au nom du roi *galantuomo*. Amédée élu roi d'Espagne, Blanc alla comme ministre à Madrid; mais, Cialdini ayant été envoyé comme ambassadeur extraordinaire dans le pays où il fit ses premières armes, il y trouva Blanc qui lui déplut et qu'il cassa. Blanc fut alors dépêché à Bruxelles, je crois; de là il fut nommé à Washington, où il eut le bon esprit d'épouser une charmante créole, une demoiselle Thierry, fort riche.

Nommé sous-secrétaire d'État à Rome, il eut maille à partir avec son ministre. Mancini restant à la Consulta, Blanc parvint à réaliser son rêve, à retourner à Madrid. Finalement, Blanc n'a pas réussi à faire oublier son prédécesseur, dont le surnom *la Cocotte fanée*, était si joli et lui allait si bien. Greppi était choyé, chéri par tout le monde;

Blanc, malgré sa richesse, malgré son esprit, n'a pas su se poser; il ne fait pas partie du *high life* : ni lui, ni sa femme, en dépit de leurs excellentes intentions, ne peuvent réussir à s'aristocratiser.

Malgré tout, Blanc, qui est un fin personnage, fera son chemin; il sera ambassadeur, voire ministre des affaires étrangères.

Le nonce Rampolla est un vicaire qui croit être malin, qui parle pour faire parler les autres et ne réussit qu'à être indiscret.

Je ne quitte pas l'Église. Le Portugal est représenté par le fils d'un chantre : Mendes Leal est un érudit, un lettré. Autant il est maigre, autant sa femme est opulente. Ce sont tous deux de très aimables gens. Populaire parmi les hommes de lettres, Mendès Leal serait l'idéal des ministres polis, si la faiblesse de sa vue ne le faisait se cogner dans tous ceux qu'il croit saluer. Il est très aimé de quiconque le connaît. Sa femme, doña Rosina, a laissé des regrets dans toutes les capitales où elle a passé.

Avez-vous lu *M^{lle} Giraud ma femme?* Michel
Gortschakoff est fort amateur de la prose de
M. Belot. Depuis la mort de son père, il est grand
d'Espagne. Il a commenté, comme il a pu, le *Don
Quichotte* en se faisant une superbe collection de
plats à barbe. Il y a quelques mois, le bruit a couru
que Gortschakoff allait épouser l'ancienne M^{lle} de
Reszké. Je n'en ai rien cru. Dans Rome, il eût
épousé plutôt son affranchi.

Morier représentait l'Angleterre. Il a été nommé,
ces derniers temps, à Saint-Pétersbourg, pour remplacer mon ami Edward Thornton. Morier est
plutôt un *leader* parlementaire qu'un diplomate.
Il pose pour la brutalité ; il ferait mieux de poser
pour ce dont il a à revendre : pour l'esprit.

# VINGT-CINQUIÈME LETTRE

## TOREROS ET TAUREAUX

Les *toreros* ont une grande situation dans la société de Madrid. La passion des courses, qu'on pourrait qualifier de délire, s'est encore exaltée depuis la Restauration. De même que la Révolution s'efforçait de mettre le pays au niveau de l'Europe moderne, de même la monarchie semble vouloir faire reculer l'Espagne aux temps de Charles IV. La passion publique s'y prêtant, la vogue croissante des courses de taureaux n'a pas trouvé d'obstacle depuis dix ans.

Allez à ces courses ; vous verrez là un spectacle

aussi grandiose que sauvage. Pour l'habituer à
éventrer les chevaux et parfois les hommes, on a
familiarisé le peuple espagnol avec le combat et
le sang. Les *espadas* sont des dieux, des héros
dont la popularité dépasse tout ce que vous pouvez
imaginer. Malgré leur manque complet d'éducation et leur humble origine, les toreros sont les
amis des grands seigneurs comme ils le sont de
la populace. Chaque fois que vous rencontrerez
l'un d'eux dans la rue, vous le verrez entouré ou
accompagné de curieux et d'admirateurs. Riches,
généreux, sans infatuation, ils ont leur cour et n'en
sont pas plus orgueilleux. Parmi ces idoles de la
foule il n'y a que des héros. Vous trouverez les
toreros pendant la semaine aux cafés et dans les
restaurants à la mode, pêle-mêle avec les mondains les plus célèbres. La haute société de Madrid
raffole des courses; de temps à autre, elle en organise une avec de jeunes taureaux, qui sont tués
par les fils des meilleures familles, dans une toute
petite *plaza* et devant les dames de l'aristocratie.

Bien que les principaux propriétaires de *toradas*

ou *ganaderias* (assemblage de troupeaux) soient tous
riches et quelques-uns nobles, les relations entre
eux et les toreros deviennent aisément intimes.
Au cirque, les gens les plus corrects coudoient le
peuple dans les *tendidos* (gradins à côté de la piste).

Vous n'éviterez pas cette intimité hebdomadaire,
qui vous paraîtra souvent très drôle et souvent féroce. Vous verrez des *toreros, picadores* et *espadas* :
ils sont tantôt glorieux, tantôt défaits. Aux courses,
on ne pardonne rien, mais on ne laisse rien sans
récompense. Dans l'espace d'un quart d'heure, le
favori de la foule devient son martyr; la gloire et
l'humiliation se donnent la main. La *plaza de
Toros*, c'est l'Espagne avec son soleil brûlant, ses
passions débordantes, son mélange de fierté et de
raillerie, sa société pêle-mêle, son esprit d'indépendance et son amour pour tout ce qui est combat, danger bravé ou difficulté vaincue. L'ouvrier,
qui a gagné trente ou quarante francs par un
travail acharné durant toute la semaine, dépense
quinze ou seize francs en billets de place, lunch,
voiture, éventail et vin, riant comme si le lende-

17

main il devait se réveiller millionnaire. Ce peuple est fantastique : nul ne peut savoir où commence chez lui la pitié, où finit la barbarie. En l'observant, vous conclurez comme moi qu'un peuple tel que celui-là mérite sa réputation de grand.

Les *espadas* à la mode sont Lagartijo, Frascuelo, Pastor, Cara-Ancha, Hermosilla, Mazzantini et quelques autres. Les deux premiers surtout jouissent d'une popularité qui serait restée unique sans l'apparition du dernier, dont je vous parlerai tout à l'heure. Lagartijo est le vrai modèle du torero classique, aux lignes fines et à l'air distingué, bien entendu dans son genre. Frascuelo est plus rude, moins svelte, plus poseur.

Tous les deux sont des enfants du peuple, parlant comme lui et sans le moindre souci du style, ce qui fait le bonheur des grands personnages qui s'entretiennent avec eux. Mazzantini, lettré et « monsieur », est un peu dépaysé dans ce monde du café Impérial et du trottoir de la rue de Sevilla, vrais perrons de la bourse tauromachique.

Et cependant, Mazzantini est venu prouver ce

que l'on croyait impossible : l'entrée d'un profane dans ce milieu de vaillants élèves du coup de couteau. Mazzantini est un homme distingué, auprès duquel vous pourrez compléter mes renseignements sur les courses.

Fils d'Italien, né en Espagne, dans les provinces basques, il avait, comme beaucoup de gens, l'ambition d'être riche. La modeste position de sa famille ne permit pas à son père de lui donner une carrière. Un humble emploi dans un chemin de fer, voilà tout ce qu'il possédait à vingt ans. Il est vrai que son intelligence et sa bonne conduite lui valurent d'être nommé chef de gare. Marié, retiré au fond de la province de Tolède, il rèvait d'être comédien ; les fortunes faites par les premiers artistes espagnols lui troublaient l'esprit. Il jouait assez bien la comédie de salon et profitait de toutes les occasions où il pouvait brûler les planches sous prétextes de bienfaisance, se faisant applaudir comme jeune premier. Sa beauté, son intelligence, provoquaient la sympathie générale. Un jour, les employés du chemin de fer de Malpartida, où il

était chef de gare, organisèrent une course de taureaux au bénéfice de leur caisse d'épargne. Mazzantini fut invité à y prendre part. Jamais il n'avait
approché un taureau ; mais, dans ces *novilladas* ou
petites courses, on ne permet que des taureaux très
jeunes, bien que leurs cornes soient parfois aussi
redoutables que celles des autres. Tous ses camarades devaient jouer au torero ; l'esprit de corps
entraîna Louis Mazzantini. — Pourquoi pas? se
dit-il. Ce qu'un autre fait, je peux le faire aussi.

Tant bien que mal, il réussit à mettre des ban-
derilles et à tuer son petit taureau. Il se fit remarquer surtout par sa taille élevée et très propre à
dominer l'animal. Son élégance et son adresse
acquise sur-le-champ furent très goûtées. A la
sortie, l'ingénieur en chef de la voie lui dit :

— Écoutez, Luis, vous pourrez douter de la
sincérité de mon conseil, mais je vous assure
qu'il y a en vous des conditions exceptionnelles
pour affronter le taureau. Réfléchissez là-dessus ;
la chose en vaut la peine.

Le jeune chef de gare a raconté mille fois depuis

lors qu'il ne put fermer l'œil de la nuit. Était-ce au cirque qu'il trouverait sa véritable place? Lui serait-il permis de risquer la mort en échange de la gloire et de la fortune? Nature de fer, volonté admirable, quelques mois après il s'engageait pour les *novilladas* de Madrid. L'insuccès fut énorme; on lui donna le sobriquet de *Don Patillas,* à cause de ses favoris. Mais la première fois qu'il se trouva en face d'un vrai, d'un grand taureau, il ne recula pas, et son courage l'a placé parmi les *espadas* hors ligne. Faute toutefois de connaître la science du matador, il ne put tuer son ennemi, dénouement ridicule qui lui valut l'échec le plus complet et la résiliation de son maigre contrat. Mais Mazzantini fait ce qu'il veut.

Renvoyé, pauvre, ayant quitté sa gare de Santa Olalla, il fallait vivre. Heureusement il apprit qu'on cherchait à Madrid des toreros pour le midi de la France, et on l'engagea, sur sa mine, pour Mont-de-Marsan. C'est en France qu'il apprit l'art de Pepe Hillo. Son courage devint bientôt célèbre, et il ne tarda pas à surpasser ses collègues par l'adresse

et l'élégance avec lesquelles il triomphe des taureaux les plus féroces. C'est lui qui, le premier, a
tué, seul, les six taureaux d'une course. Après un
voyage à Buenos-Ayres, où il s'est perfectionné
sans maître ni leçons, il est rentré en Espagne,
trouvant partout le succès et l'argent désirés ; il a
gagné environ 200,000 francs en deux ans. Son
histoire, la différence entre son éducation et celle
des toreros, son goût pour la poésie et la musique,
tout cela était trop frappant pour ne pas aider à lui
faire une réputation colossale. Le soir, on le lorgne
à l'Opéra en habit et cravate blanche ; il assiste aux
premières dans la loge d'un ex-ministre, et le lendemain il donne un coup d'épée au taureau le
plus redoutable.

J'aurais à vous parler d'Angel Pastor, d'Hermosilla, de Cara Ancha, de Gallo et de quelques autres toreros en renom ; mais il suffit que je vous
aie signalé les trois qui se disputent la gloire
d'un art consacré chez les seuls Espagnols.

# TAUREAUX

## LA COULISSE DES COURSES

Tout le monde sait à peu près comment se passe une course de taureaux en Espagne; mais avant, et pendant, et après, il y a une foule de détails qu'on ignore absolument.

Vous vous imaginez peut-être que la course se borne aux trois heures du traditionnel spectacle que tout le monde reproche aux Espagnols?... Pas du tout. Pour les vrais amateurs, pour les friands (et ils sont, hélas! nombreux), le spectacle commence la veille et ne finit que le soir de la fête.

Voici, tant bien que mal, la description d'une course.

## LA VEILLE

L'élevage des taureaux a lieu dans de vastes prairies où le soleil, la nourriture et un attentif croisement des espèces produisent ces sortes de fauves à cornes. Cette affaire, fort productive,

prend le nom de *ganaderia*. Le duc de Veragua,
MM. Miura, le comte de Patilla, M. Concha Sierra,
sont de riches *ganaderos* ayant réalisé là de
grosses fortunes. On s'en rendra compte lorsqu'on saura que chaque taureau *livré à domicile*
coûte à un impresario de cirque deux mille francs
environ. Aussi le lieu d'origine est-il de rigueur
sur les affiches, et c'est pour cela que l'on dit un
taureau de *Veragua*, un taureau de Miura, etc.
Les Veraguas ont une réputation de franche
noblesse : ils attaquent carrément; ils ne sont pas
méchants ; c'est-à-dire qu'ils éventreront chevaux
et *toreros* loyalement, en francs ennemis. Au
contraire, les *Miuras* sont traîtres et roublards, et
les *espadas* les craignent sérieusement. Vous voyez
que, même dans la lutte contre des bêtes cornues,
on apprécie en Espagne la façon d'agir.

Les taureaux grandissent à côté de bœufs paisibles et tranquilles (*cabestros*), sous la conduite
d'un *pastor* (berger) au milieu de la *torada* (trou-
peau).

Les futurs hôtes du cirque sont calmes. En été,

lorsqu'on traverse les champs, on peut les voir cou-
chés sur l'herbe, par groupes de cinquante ou
cent bêtes, levant tranquillement la tête pour
vous regarder de leurs grands yeux, tandis que le
*pastor*, assis sous un olivier, fredonne un air du
village.

Mais gardez-vous de courir ou de faire le moindre geste! S'il ne faut pas réveiller le chat qui
dort, jugez un peu des taureaux destinés aux
luttes du cirque.

Le maréchal O'Donnell, accompagné de deux
aides de camp, s'en venait un jour à cheval de
rendre visite à l'impératrice Eugénie, alors à
Carabanchel, chez sa mère. En passant par la
*ganaderia*, il craignit un accident et piqua son cheval de l'éperon. Les aides de camp l'imitent; un
taureau se dresse et se met à courir après eux. On
ne peut se faire une idée de la rapidité d'un taureau
lancé au galop. Le maréchal et sa suite, pris d'une
peur bleue, éperonnèrent leurs montures, et lui, le
vainqueur d'Afrique, l'homme le plus courageux
qui fût, avoua le soir à ses intimes qu'il avait

tremblé ce jour-là. Le fait est qu'il n'y a rien de plus effrayant qu'un taureau indompté qui souffle à vos trousses!

Quand on choisit les animaux pour la course, ce qui se fait toujours sur les renseignements du *pastor*, on les place dans de grandes caisses en bois fermées à coulisse d'un seul bout.

Voici comment on s'y prend.

On met toutes les caisses à la suite les unes des autres, de façon qu'elles n'en forment qu'une seule, sorte de long couloir; les séparations à coulisses sont levées et prêtes à tomber au premier signal.

Un homme est perché au-dessus de la dernière caisse. Le berger y fait entrer un des bœufs *cabestros*. Un taureau le suit (car ils suivent toujours les *cabestros*); aussitôt entré dans le tunnel improvisé, on laisse tomber la porte. La même opération se répète pour le reste, et de la sorte, dans une après-midi, on enferme huit ou dix taureaux successivement. *Cabestros* et berger iront jusqu'à Madrid avec leurs pensionnaires. Les

caissés sont expédiées par express, de façon
qu'elles arrivent le soir, toujours le soir; il faut
les introduire dans le cirque pendant que la grande
ville repose, car l'opération du déballage est plus
difficile que celle de l'emballage.

Malgré le danger, ce prologue tauromachique
attire plus d'un amateur, qui accourt à cheval pour
jouir de la primeur et connaître d'avance les héros
du lendemain.

Grâce au respect que le taureau a pour son *pastor*
et pour les paisibles bœufs *cabestros,* il ne survient
pas de fâcheux accident. Cependant, un soir, un
taureau s'échappa et se lança dans Madrid. Il était
minuit. L'indépendant traversa le viaduc de la rue
de Segovia, semant l'effroi dans tous les quartiers.
Il y avait peu de monde dans les rues, mais ce
fut un sauve-qui-peut général. Un paisible bourgeois, voyant venir à lui l'animal, fut pris d'une
terreur compréhensible, saisit une balustrade et
grimpa si haut qu'il put monter, comme M^{me} Mal-
brouck. Jugez du joli quart d'heure.

Après avoir fait escalader les entresols à tous

les habitants du rez-de-chaussée, bousculé une
dame, éventré un allumeur de gaz, brisé mille
fenêtres, le taureau arrive rue de Tolède, voit de
la lumière à travers les vitres d'un café, enfonce
la devanture d'un coup de corne et montre sa tête
aux buveurs de bocks et aux joueurs de dominos.
Imaginez le tohu-bohu, les bouteilles en l'air, les
garçons sous les banquettes... Le taureau, méprisant tous ces poltrons, continua sa course farouche
et retourna enfin au point de départ.

C'est à 10 heures du soir qu'on ouvre les caisses, à deux pas de la gare; les taureaux s'élan-
cent par la place, furieux de leurs vingt-quatre
heures de prison ; le *pastor*, à cheval, crie, voci-
fère, range sa troupe et parvient, à force d'autorité paternelle, à y mettre un peu d'ordre. Le
spectacle est curieux de cette longue file de taureaux suivant les *cabestros* au galop, sous le commandement du *pastor*; celui-ci, placé à l'arrière,
les aiguillonne à l'aide d'une pique.

Vous ne sauriez croire combien ce cortège est
pittoresque. Les « beaux » madrilènes se mêlent

aux hommes du peuple, amateurs enragés. Tous suivent la cavalcade. On entend des cris, des bons mots, des conseils ; il y a des alertes ; tout cela au milieu du son tumultueux des clochettes et du trot des chevaux. C'est un peu sauvage, mais vaut la peine d'être vu.

La cavalcade arrive au cirque (*plaza*) ; les portes du *corral* (enclos) sont ouvertes toutes grandes ; les taureaux s'y précipitent, et là les attend une nouvelle prison. Les *chiqueros* ou étables grillées reçoivent chacune son hôte, qui reste enfermé jusqu'au lendemain pour la classification réglementaire.

L'*encierro* est fini ; à demain *el apartado* préliminaire de la course.

## LE LENDEMAIN

Si l'abonné de l'Opéra tient à visiter le foyer de la danse, si l'abonné de l'Hippodrome ne peut se passer de la visite aux écuries, l'abonné des *corridas* ne se pardonnerait pas d'avoir manqué l'*apartado*.

*Apartar*, écarter; *Apartado*, c'est-à-dire séparation. C'est pendant qu'on indique les numéros d'ordre pour le programme du jour, que chaque espada a le droit de choisir son taureau. Cela n'est pas aussi indifférent qu'on l'imagine. Si le *diestro* expose sa vie, il veut savoir avec qui, d'autant plus que chacun a ses préoccupations et ses préjugés.

Au doyen des espadas dans la localité appartient le privilège de tuer le premier taureau de la course. A Madrid, c'est *Lagartijo,* parce qu'il a débuté sur la *plaza* madrilène quelques années avant *Frascuelo.* Celui-ci est le second; viennent ensuite *Currito* (le fils de *Cucharès*), Angel Pastor, Cara Ancha, Mazzantini (l'étoile qui se lève), etc. Pour rien au monde, un espada ne céderait sa place. Si par hasard le taureau d'un autre le tuait, ne serait-ce pas une grande responsabilité morale pour tous? Voilà le critérium de cette fête bizarre.

Ils choisissent donc leurs taureaux dans les

deux ou trois *corrales*. Le public se place sur une galerie qui domine de très près la cour où se fait l'opération. On enferme chaque animal dans une espèce de cage qui communique directement avec le *toril,* antichambre du cirque, et l'on accroche au cou de l'animal la cocarde (*moño*) aux couleurs du propriétaire.

L'*apartado* est fait ; il est midi ; les toreros, qui sont venus en costume de ville, doivent rentrer, dîner, s'habiller de nouveau pour être prêts à 4 heures.

Le public, composé d'abonnés, d'élégants et de voyous, se disperse. Les uns rentrent ; les autres restent dans un restaurant voisin, où l'on empoisonne les gens avec des escargots qui ont des cornes plus redoutables que celles des taureaux d'en face, et un petit bleu terrible. Mais l'amateur ne veut rien perdre ; il était hier à l'arrivée, il est aujourd'hui au numérotage ; il s'est entretenu *déjà* avec les *espadas,* il connaît *déjà* les noms et les couleurs des taureaux... il est heureux. Laissons-le ; allons chez les *toreros,* qu'on appelle partout, à l'étranger, *toreadors*. Allons voir les héros de la journée; peut-être seront-ils morts dans deux heures.

## CHEZ LE ESPADA

Quoiqu'ils soient bêtes au possible, ils sont bons enfants, ces gaillards aux mollets solides, aux larges poitrines et aux muscles endurcis par cette rude besogne de lutter, quatre fois chaque semaine, contre le plus féroce des animaux quand il est élevé spécialement pour éventrer l'espèce humaine!

Complètement illettrés, sortis de l'abattoir, de la rue ou de l'atelier, bien peu appartiennent à la bourgeoisie. Une fois célèbres, riches, flattés et idolâtrés de la foule, il leur arrive de se donner quelquefois des airs de Messieurs : c'est la loi de tous les pays et de tous les parvenus. Est-ce que ce charmant Gayarré n'était pas furieux contre les biographes parce qu'ils avaient raconté qu'il était fils d'un forgeron? Combien d'avocats, de médecins, d'industriels devenus millionnaires dédaignent d'être nobles? *Lagartijo,* qui s'est fait propriétaire de fermes et de *ganaderias,* affiche ses produits comme appartenant à Don Rafaël Molina, *alias* Lagartijo.

Ils sont cependant, je le répète, très bons enfants, très simples, très aimés de l'aristocratie espagnole, qui fait de ces illustres bouchers ses invités et ses amis.

Ils vivent honorablement d'ailleurs. Presque tous sont mariés à des femmes très jolies. M^{me} de Frascuelo (suis-je poli?) a une réputation de beauté méritée. La femme de Lagartijo est fort bien. Currito et les autres n'ont pas fait preuve de moins bon goût. Au reste, cela leur est facile, car ils n'ont qu'à choisir. L'Espagnole adore le courage, et les femmes sensibles raffolent de l'homme qui expose gaiement sa vie tous les jours. Les *espadas* ont fait plus d'une conquête.

Ce sont elles, femmes honnêtes et vertus farouches, qui préparent la jaquette dorée, les bas de soie, la casquette ornée de *madroños,* la jolie cra-

18

vate rouge qui passe à travers la bague en or, et la ceinture bleue ou violette qui serre la taille.

Ce sont elles aussi qui préparent, dans une chambre de la maison, le petit autel à la sainte Vierge où brûleront des cierges tant que durera la course; le ménage est pieux et l'on ne commence pas la représentation sans avoir prié pour le succès.

Le espada qui s'engage avec son impresario amène avec lui sa quadrille (*cuadrilla*).

La cuadrilla se compose de :

Lui ;

Deux *banderilleros* (trois parfois) ;

Deux *picadores;*

Un *puntillero* (celui qui donne le coup de grâce).

Ces cinq ou six hommes sont dévoués à leur ami et maître, au point de ne jamais discuter avec lui quoi que ce soit. Ils l'aiment comme un frère, l'admirent comme un dieu.

Jamais de contrat entre eux. Le espada traite pour tous, et dans ce monde étrange la signature est une parole. On discute les prix, on marchande, pendant deux heures. Une fois la chose arrêtée, on boit un coup, on se serre la main; c'est fait; le *diestro* et ses hommes sont engagés pour six, huit, dix courses; nul n'a jamais manqué de parole, et cela pourrait coûter la vie. Voilà l'honneur castillan... On le retrouve au plus bas de l'échelle sociale.

Les prix ne sont pas très élevés. *Frascuelo* et *Lagartijo* gagnent deux ou trois mille francs par représentation. Ils ont à payer au *picador* et au *banderillero* deux cents francs. Vous voyez qu'en Espagne on expose sa vie pour assez peu d'argent.

Quant aux *espadas,* comme ils font deux, trois et quatre courses par semaine à Madrid, à Barcelone, etc., ils s'enrichissent rapidement.

Le *Gordito* s'était retiré à Séville, il y a quelques années, avec quatre cent mille francs. *Frascuelo* et *Lagartijo* ont la réputation d'être millionnaires (1), ce qui n'aurait rien d'étonnant : depuis

(1) En Espagne, on compte par millions de *réaux*, c'est-à-dire deux cent cinquante mille francs.

quinze ou vingt ans qu'ils jouent (si on peut appeler
cela jouer), on calcule qu'ils ont gagné environ
cent à cent cinquante mille *pesetas* par an.

Rendons-leur cette justice qu'ils sont charitables,
voire même prodigues : ils prêtent à tout venant et
entretiennent autour d'eux une foule de flatteurs,
de pseudo-journalistes et de viveurs qui les gru-
gent. Il n'y a pas de fête de bienfaisance à laquelle
ils ne prêtent leur concours gratuit, le plus
noble de tous, car c'est le concours de leur vie.

Vous connaissez comme tout le monde le costume classique du torero espagnol. Cependant, on
le reproduit si mal d'ordinaire que je profite de
l'occasion pour relever les fautes commises dans
*Carmen*. Je l'ai vue à l'Opéra-Comique. Presque
tout y est faux, depuis les boucles d'oreille de Tas-
kin jusqu'aux *picadores* de fantaisie et aux *toreros*
(pas *toreadors*). Au quatrième acte, on voit des
prêtres dans la foule ! Et le reste !

La cuadrilla se rend chez le *espada* pour sortir
avec lui. Les *picadores* vont de leur côté. Les
premiers partent en voiture découverte, attirant

les regards de la foule. Les femmes restent à la
maison ; les unes habituées au danger qui les me-
nace, les autres dissimulant la terreur qui s'em-
pare d'elles chaque fois que le bien-aimé part
pour affronter la mort devant dix mille personnes
friandes de l'odeur du sang.


### LA CHAPELLE


Les trois *cuadrillas* qui composent le personnel
de la course viennent au cirque des divers points
de la ville où les directeurs ont leur demeure.

En même temps paraît un individu qui sort de
l'église de Saint-Joseph, portant à la main un petit
sac en soie. Devant lui, un prêtre en bourgeois
passe inaperçu de la foule qui court à la fête.

J'ai plusieurs fois aperçu l'homme au sac de
soie, et comme j'aime à me rendre compte de
ce que je vois :

— Que peut bien être cet homme-là, qui entre
sans billet? demandai-je à un ami.

— Mais c'est le porteur de l'extrême-onction, _

mon cher comte. Il faut évidemment songer à tout...
S'il arrive un accident et si cet accident est mor-
tel...? Vous savez qu'il y a une chapelle?

On trouve en effet, dans les couloirs du cirque,
la chapelle traditionnelle, avec son autel et ses
cierges. C'est là que, dix minutes avant la course,
les trois *cuadrillas* entrent; au milieu d'un silence
solennel, tout le monde s'agenouille et implore la
grâce divine. Au même instant, trente mille personnes descendent la rue d'Alcala, les unes pour
venir à la *plaza*, les autres pour jouir de l'incomparable spectacle de l'arrivée. C'est une immense
fourmilière d'êtres humains, à pied et à cheval,
remplissant des centaines d'omnibus, calèches,
landaus, milords, *mail coaches*, chars à bancs,
fiacres, carrioles... On crie, on s'interpelle au
milieu d'un charivari sans pareil. On ne voit que
mantilles blanches, fleurs, roses et œillets sur
toutes les jolies têtes, éventails de mille couleurs
s'agitant comme des papillons au milieu de tout
ce monde qui a oublié chagrins, embarras, misères,
rancunes, politique, littérature, art, famille, patrie,

religion, passé et avenir. La *corrida,* c'est la fièvre
hebdomadaire, la folie de deux heures... *Aux tau-*
*reaux, aux taureaux!* (A los toros! A los toros!) Les
grelots résonnent, les musiques remplissent l'air,
le soleil brille, les femmes sourient, le roi, la bourgeoisie, le peuple, les nobles et la canaille forment
une immense famille qui se prépare à des émotions sanguinaires, mais viriles; c'est la lutte, c'est
le combat, c'est le cœur, c'est enfin l'Espagne avec
tous ses défauts et tout son héroïsme.

Pendant ce temps, seuls, silencieux, loin du
monde, les seize héros de la journée sont à genoux
dans la sombre chapelle, renouvelant le *Morituri*
*te salutant* par une prière muette et profonde...

## LA COURSE

Voici la fanfare qui sonne. Dix mille têtes et
vingt mille mains s'agitent et saluent le premier
accord. Tout le monde s'assied; on est d'une exac-
titude royale. Les anciens abonnés sont nombreux :
les abonnements se transmettent de père en fils,

et il est plus difficile d'en décrocher un que de décrocher la lune.

Il est des places fameuses. Ainsi, toutes les *barreras* (1) du *tendido* n° 5 sont enviées : là se range le *high-life;* allez-y : c'est là qu'on fait la vraie critique, c'est de là que partent les mots d'esprit, les éclats de rire et les applaudissements. Vous y trouverez, en veston et en chapeau mou à grands bords, ce qu'il y a de plus élégant à la cour de Sa Majesté. Derrière eux, bourgeois, ouvriers, occupent toutes les marches et crient à tue-tête pour la moindre chose. Sur le *toril,* on voit les journalistes tauromaches, spécialité tout espagnole, car elle exige des connaissances *sui generis* et un style différent du style ordinaire.

Il y a la place légendaire de Chiroui... O Chiroui, terreur des cuadrillas! Chiroui, boucher de son état, est grand connaisseur. Il critique les courses depuis vingt ans à l'aide d'une énorme cloche, — terrible cloche! Au milieu d'un succès,

---

(1) Places sous la corde qui entoure l'enceinte.

quand le *espada* est fier de son rôle et que le public applaudit, voilà Chiroui qui donne trois ou quatre coups de sa cloche. Cela veut dire : « Vous êtes volés! » Alors tout le monde de rire et de siffler le héros d'une minute. Bien entendu, au cirque on ne respecte rien, ni les femmes, ni le droit d'autrui, ni la moindre convenance. Il m'a toujours semblé que le goût espagnol des *pronunciamientos,* alga-rades, émeutes et massacres, que ce caractère national toujours prêt à la révolte, se formait dès l'enfance, au cirque. On a tant sifflé l'autorité! Plus la personne qui préside est haut placée, mieux on la vise. Présidents du conseil, préfets, maires, tout le monde officiel a eu son fatal quart d'heure. Le Roi lui-même a dû subir plus d'une fois les lois de la tradition d'égalité devant les cornes. Et le moyen d'arrêter dix mille enragés qui vous crient pendant dix minutes, sur l'air de la scie à la mode :

Allez-vous-en!
Allez-vous-en!
Allez-vous-en!

La *cuadrilla* apparaît : tonnerre d'applaudissements. C'est là que sont le vrai pittoresque de la
fête et le coup d'œil unique. Le plus ancien *espada*
va en tête, au milieu ; les autres sur les côtés.

A partir de ce moment, plus de description possible : tout dépend des accidents de la journée.
Les taureaux sortent, surtout dans les courses
appelées de bienfaisance, ornés de *moños* (grandes
cocardes), cadeaux des dames patronnesses. La
veille, on les a exposées dans les étalages des
magasins, au centre de la ville. Ce sont de très
jolis ornements, qui coûtent beaucoup d'argent et
qui donnent beaucoup d'éclat au spectacle.

Le *espada* dirige la course et devient responsable des maladresses des autres. Il doit agir bien
et vite.

Rien de plus humiliant pour un de ces messieurs que de se voir rappelé à l'ordre par le
président. On ne doit pas mettre plus de vingt
minutes à tuer un taureau. La présidence a le
droit de gracier la victime. Mais quelle honte pour
le *lâche* qui n'a pas su tuer son ennemi ! Il y en

a, des *diestros,* qui donneraient leur vie pour ne pas voir leur taureau gracié.

Le *brindis,* ou petit discours que le *espada* adresse au président avant d'aller se mesurer avec la bête cornue, est presque toujours le même. « A la santé du président et de sa suite, aux Madrilènes, aux Sévillans... » A l'époque des fêtes patronales en province, on porte un toast au saint ou à la vierge de la localité !!!

Quelquefois on adresse le brindis à un particulier; mais jamais pour le premier taureau; l'hommage en appartient au maire ou à l'adjoint qui préside, et qui doit entendre le petit discours le chapeau à la main.

Le cas échéant, on prévient le *espada* que le duc de *** ou Mᵐᵉ K... désirent l'hommage. Alors, à son second taureau, le diestro se place en face de la personne en question et fait son brindis; après la mort de l'animal, il reçoit *coram populo* un porte-cigares contenant un billet de mille réaux ou plus, selon la fortune et aussi suivant la vanité.

Entre chaque taureau mort et le suivant, il y a

un petit entr'acte pour emporter le cadavre, les chevaux éventrés, tout ce qui est resté sur le sol de la chaude lutte. La fanfare reprend ses airs. A Bilbao, après le quatrième taureau, tout le monde se met à chanter à l'unisson un refrain populaire. C'est charmant, ce *zorzico* que répètent en chœur quatre ou cinq mille voix avec un entrain sans pareil.

Un jour, il y a vingt ans, Cucharès venait de tuer un taureau, un *veraguas* qui avait semé le cirque de chevaux (il y en avait quatorze !). Le célèbre espada avait été insulté, excité à la mort par un public qui semblait plus que jamais altéré de sang... Voilà qu'un pauvre moineau, sorti d'une banderilla (1), se met à tournoyer au milieu de la place, désespérant de trouver un refuge. Un torero passe, il traverse le corps de l'oiseau avec une banderilla perdue... De ma vie je n'ai vu spectacle pareil. Dix mille spectateurs debout, les mains levées, demandaient la mort du *féroce* to-

(1) Dans les courses de charité, on remplit les banderillas d'oiseaux qui s'envolent aussitôt que l'enveloppe éclate.

rero ; on s'élança même dans le cirque pour as-
sommer l'homme sans cœur !

### LE SOIR

La course finie, on vend les journaux qui en
rendent compte. Il y a une petite presse spéciale
exclusivement consacrée à cette publicité. Les rédacteurs envoient leur copie après la mort de
chaque taureau, et l'imprimerie déploie une activité
prodigieuse. La course finit à 6 heures. A 6 heures
et demie, on crie dix ou douze journaux très
amusants, qui racontent l'histoire de l'après-midi
avec les critiques les plus drolatiques de la terre.

Vous pouvez passer six ans en Espagne et vous
croire maître de la langue ; je parie que vous ne
pourrez comprendre l'argot du compte rendu des
courses de taureaux. Il est tel de ces journaux qui
vend vingt mille numéros en deux heures.

Les toreros ont changé de toilette ; fiers de leur
journée, ils vont au *café Impérial* ou sur le trottoir
de la *Carrera de San Jéronimo*, recevoir les com-

pliments des amateurs et discuter les péripéties de
la lutte.

A minuit, on entend, aux premiers étages des
cabarets à la mode, des cris, des chansons, le
choc des verres : c'est le bon peuple de Madrid,
gens du monde et populaire, qui s'amuse.

La nation espagnole, avec ses courses de taureaux, sera toujours disposée à la guerre et aux
entreprises dangereuses. La *corrida*, la fête du
courage, vaut mieux pour elle peut-être que les
fêtes admises par une civilisation qui ne recherche
que les plaisirs amollissants du bien-être.

Faut-il plaider la cause de la fête espagnole? Je
n'en sais rien.

Dès l'enfance on conduit un Espagnol aux courses
de taureaux. On le passionne pour le courage des
*espadas*, on l'excite aux émotions de la lutte. Il
devient amateur de ce spectacle et ne peut plus
se passer d'un divertissement barbare. Oui, barbare est le mot; je le déclare à cette heure où
j'ai quitté l'Espagne depuis plusieurs années.
D'ici, je conseille au peuple et au gouvernement

de supprimer une fête qui déshonore l'Espagne en Europe au point de vue de l'humanité. Mais je ne répondrais pas que, transporté tout à coup à Madrid, et entendant les grelots, la musique, voyant la foule se précipiter à la course du dimanche, je ne me laisserais pas soudain entraîner avec elle à la fête populaire...

Dans le monde civilisé, quel peuple ne court pas voir le dompteur qui risque d'être dévoré par des lions, ou le gymnaste qui saute les trois trapèzes à cent pieds de hauteur?

L'homme aime le danger. « Supprimez le sang, disait un mien collègue espagnol, dès lors plus d'émotion, plus de lutte, plus d'idéal, plus de drame, plus de poésie. »

# TABLE DES MATIÈRES

---

Paris. — Typ. G. Chamerot, 19, rue des Saints-Pères. — 18550